You
Touched Me

芳华

严歌苓 著

YOU Touched Me

人民文学出版社

图书在版编目（CIP）数据

芳华/严歌苓著.—北京：人民文学出版社,2017
ISBN 978-7-02-012372-8

Ⅰ.①芳… Ⅱ.①严… Ⅲ.①长篇小说—中国—当代 Ⅳ.①I247.5

中国版本图书馆 CIP 数据核字（2017）第 027845 号

责任编辑　刘　稚
装帧设计　刘　静
责任印制　苏文强

出版发行　人民文学出版社
社　　址　北京市朝内大街 166 号
邮政编码　100705
网　　址　http://www.rw-cn.com

印　　刷　三河市西华印务有限公司
经　　销　全国新华书店等

字　　数　119 千字
开　　本　880 毫米×1230 毫米　1/32
印　　张　6.75　插页 1
印　　数　320001—370000
版　　次　2017 年 4 月北京第 1 版
印　　次　2017 年 11 月第 8 次印刷

书　　号　978-7-02-012372-8
定　　价　39.00 元

如有印装质量问题,请与本社图书销售中心调换。电话:010-65233595

原以为再见到刘峰会认不出他来。二十岁他就那样，跟你多熟你扭头就想不起他长什么样。倒不如丑陋，丑陋可以是Logo，丑到一定程度，还惊世骇俗。而他不丑，假如由丑至美分为十个刻度，他的相貌该是五度。穿军装戴军帽的他，可以往美再移一度。尤其穿我们演出的军装，剪裁考究，面料也好，那种羊毛化纤混纺，特挺括。他的相貌没有问题，问题就在于没有问题。因此不管我们曾经如何在一个队列里出操，在一个练功房里踢腿下腰，在同一个饭堂里吃"菜脑壳炒肉片"，在同一幢红楼里学文件、搬是非，总之，不管我们曾经怎样紧密相处，在一起糟蹋青春（八年青春！），都休想记住他长什么样。可是在王府井大街上，脸庞的海里，我的视线瞬刻就把他钓出水面。而且还是侧面的他。我想叫他，又想，还是等等。

他叫刘峰，三十多年前我们叫他：雷又锋。意译是又一个雷锋，音译呢，假如你把汉语拼音的元音放慢：L—i—u—

1

Liu，从 L 出发，中转站 lei，十分之一秒的停留，最终到达 Liu，刘峰跟雷锋两个名字的拼音只是一个字母的差别。所以我们诨叫他雷又锋。不挖苦的，我们女兵那时正经崇拜浑身美德的人，只是带点善意打趣，而已。假如把对刘峰形象的描写做一个填空表格，其实也办得到——脸型：圆脸；眉眼：浓眉，单眼皮；鼻子：圆鼻头，鼻梁端正；肤色：细腻白净。你试着形容一下雷锋的长相，就发现能照搬过来形容刘峰，当然刘峰比雷锋个头高十厘米，一米六九。我们都是从五湖四海给挑来上舞台的，真是雷锋，那是挑不上的，舞蹈队形不能排到他那儿就断崖。三十多年前，从我们那座红楼里出来的，都是军版才子佳人，找不出一张面孔一副身材让你不忍目睹。

曾经作为我们营房的红楼，上世纪末被夷平了，让一条宽大的马路碾到了地下。红楼那四十八个大小房间里，刘峰留下的痕迹也都被碾为尘土：他补过的墙壁或天花板，他堵过的耗子洞，他钉过的门鼻儿，他拆换过的被白蚁蛀烂的地板条……三十多年前的红楼已是高寿，年近古稀，该算危楼，只是它那极为慢性的颓塌过程被刘峰推迟；刘峰的瓦匠木匠手艺把一座三层的危楼当成个巨大的裂缝鸡蛋一样小心捧着，让我们在钉子户概念诞生之前无意间做了钉子户。我们无忧无虑地住在危楼里，一住十多年，只是在红楼的腐朽加剧、颓塌提速时异口同声呼喊："谁去找刘峰？"那种颓塌的突然提速往往表现为某一面墙一夜间龟裂，或芭蕉扇大小的石灰没来由地从天花板脱落,碰到这种时候,我们就这一个好法子:"找刘峰!"

我来王府井是买书的。王府井商场门口,一群残障少年在唱歌,场地中央放了个捐款箱。演员们个个卖力,但进进出出的观众流动得很快,偶然从人群里走出个捐款者,都带几分忸怩,捐了款逃得飞快。这年头,大庭广众下做好事,人们反而羞答答的。我有点看不下去,掉开视线,而就在此刻,我看见刘峰也站在人群里。这个流动观众席里,他比较稳定,似乎已经站了一会儿了。从侧面看,他平淡的五官反倒被年岁剥蚀得深邃了。

我从刘峰的侧面迂回到他正面。这类平淡脸往往不易老,也不易变,跟同龄人比,他的脸至少年轻七八岁。他是因为"触摸"事件被处理下连队的,下连第二年,中越开仗了。

一个旅行团的大汽车在长安街一头的路口停下,下来五六十个西方观光客。人群乱了一刹那,等我再次找到好位置站稳,刘峰却不在那儿了。我走出人群,往王府井大街两头寻觅。他不可能消失得那么快,除非他存心躲我。我往大街的南头走了一截,又转回来往北走,满街陌生人。此刻刘峰一定想让我把他也当个陌生人。

那是三十多年前了。我们的老红楼还是有梦的,多数的梦都美,也都大胆。

　　红楼的二层三层带长廊,长廊上面张着长长的廊檐。假如你傍晚在三楼走廊上吹黑管或拉提琴练习曲,目光漫游,越过楼下也带廊檐的回廊,再越过回廊尽头的小排练室,绕过小排练室右侧的冬青小道,往往会看到一个挑着俩大水桶的人,此人便是刘峰。水桶是为隔壁巷子里一个男孩担的,男孩十七岁,没有父母,巷子里的孩子们叫他"括弧",因为他那双腿站成立正就是一对完好的括弧。孩子们说,要是玩球,可以把括弧的两条腿当球门,球踢过去都不会擦着"门框"。括弧走路靠一个高板凳,先把板凳往前搬一步,自己再扶着板凳跟一步,他自己两条腿,板凳四条腿,二百米的路程六条腿要走一刻钟。每天傍晚,巷口的自来水龙头开锁售水,全巷子居民都到巷口排队买水。一旦括弧买了水回家,六条腿更忙得不亦乐乎,挪了水桶又挪板凳,最后还要挪自己那双括弧腿,一个铁皮桶水装半满,回到家只剩个底。括弧不打水不行,家里烧一口老灶,做的是卖开水生意。刘峰每天从我们院子里挑两担水赠送给括弧,领导问起来,刘峰说咱军队的自来水反正免费嘛。领导想想,觉得没错,子弟兵从吃的到穿的都是老百姓白给的,子弟兵请客送老百姓两桶水还请不起?漫说括弧这样孤苦残疾的老百姓。一个暮夏的傍晚,大家在露天走廊上消食发呆,刘峰就在人们无聊的视野里走过来走过去,两个大水桶水装到要满出来,可担水人有能耐让它滴水不漏。吃撑了的长号手高强吹出一声饱嗝似的低沉绵长的号音，呆呆看着冬青小道上轻盈远去的矮子叹道："哎，怎么就累不死他？他叫什么名字？"旁边的贝斯手曾大胜说："刘——峰。"长号手高强像刚才的号音那样拉长声调："Li—u—Feng——我×，整个一雷又锋。"

刘峰就这样得到了雷又锋的诨号。

我第一次近距离观察刘峰，是他调到我们团不久。那天午饭快要结束，一个人蹲在那儿用榔头敲打地板。地板老到什么程度呢？你在这边使劲蹦一下，那边桌上的菜盆都会翻个儿，起码会打哆嗦。榔头敲的，就是一块翘得不像话的地板。那座老宅院九十多年前的主人是个军阀，给我们当营房住的红楼在二十世纪二十年代是两层楼，住了一大一小两个姨太太，三十年代初，又娶进来一个小小姨太太，当家的就在二楼上又加了一层楼。东北边都爆发"九一八"了，西南边照样娶姨太太，什么危难下成都人都是享福无罪。知道故事的人细看，三楼的红色跟下面两层楼是有细微差别的。用同样的红砖，从红楼里铺出一条路，头顶青瓦廊檐，两侧墨绿木柱子，一直通往一个亭子。我们的小排练室是在亭子的基础上扩建的，因此形状古怪，冬冷夏热。再往大门口方向走，就是我们的饭堂，过去是姨太太们的小戏园子，后来抗日了，成都做了大后方，戏台拆了，改成舞厅。这个院子里马夫、老妈子、小丫头的房子都不是好好盖的,到解放军和平解放四川,已经颓败得差不多了,被拆掉盖了两排平房,比老妈子、小丫头的房还简易,新住户们是文工团带家属的干部。最新的建筑是我们的练功房,也叫大排练厅,是六十年代的建筑,一看就是多快好省的产物。这天中午跟往常每个中午一样,我们围着一个个矮桌子,守着空饭碗饭盒消化,闲聊,男兵女兵斗嘴调情,话你怎么听都行,听懂什么是什么。没人对刘峰正干的活儿感兴趣。我注意到他是因为他穿着两只不同的鞋,右脚穿军队统一发放的战士黑布鞋,式样是老解放区大嫂大娘的设计;左脚穿的是一只肮脏的白色软底练功鞋。后来知道他左腿单腿旋转不灵,一起范儿人就歪,所以他有空就练几圈,练功鞋都现成。他榔头敲完,用软底鞋在地板上踩了踩,又用硬底鞋跺了跺,再敲几榔头,才站起身。他站直后,你对他身高的期待有所失望。他是那种坐着、蹲着个儿挺大,站起来你会在心里说:没高多少啊。毛病出在腿上,腿不长。不过翻跟头腿长累赘。他就是因为跟头翻得好给团里挑来的,原单位是某野战军的工兵营。刘峰的跟头是童子功。他的苦难童年在一个县级梆子剧团度过,山东的一个穷县,刘峰的话是:"有人穷得光腚呢!"不进入那个梆子剧团学翻跟头,他也会有个光腚童年。

我正式跟刘峰打交道,是他调来半年后。我们跟随大部队拉练行军到川西北山区,扎营七天进行军事训练。假如说我们一年一度"扮演"一次真正的军人,也就在这七天。例行的打靶和投弹训练,都是此时完成。"扮演士兵"对我们是玩游戏,可以不练功,可以过枪瘾,可以把压缩饼干当零食,还可以在"摸哨"时当真打架摔跤。射击训练开始前,军训处简副处长选了两个警戒哨兵,站在靶场最外围,防止老乡进入,让子弟兵不长眼的子弹打了活靶子。我和刘峰入选。刘峰是志愿的,他来自野战军,不稀罕打靶,省下过枪瘾的机会给其他人;我是被大家一致推举,因为我射击一般算不出环数,子弹从来碰不着靶子边,大家怕我拖垮集体打靶成绩。

那年我十三岁差一个月,身高一米六一,体重三十八公斤,伫立于一九七二年的川西北隆冬,在军人和老百姓之间筑成一道血肉长城。密集的枪声从下午一点持续到四点,我从站岗到"跳岗",为了脚不在这三小时内生出冻疮,我不得不把舞蹈课的小跳组合挪用到此时。一排靶子插在一片红苕地里,红苕已经被起过了,黑了的藤子秧子摊得如同烂渔网。舞蹈教员杨老师的大手表戴在我腕子上,我跳三五分钟看一眼,意识到孤单、疲惫和寒冷能使五分钟变成一辈子。四点过五分,枪声完全静下来。打靶应该四点整结束。一个肥嘟嘟的田鼠从我脚边跑过,我目光追着它,不久发现田坎下有个圆润光滑的洞。我想参观一下洞内,便趴下身,用本该警戒四野的高倍望远镜往洞里看,却什么也看不见。我捡了根树枝伸到洞里骚扰,一边学猫叫,不知田鼠跟猫是否敌我矛盾。此时啪的一枪,子弹擦着我头顶的榆树梢过去,吹了一声哑哨。打靶不是结束了吗?半分钟不到,又是啪的一枪。我还没想明白,就被人从地上拎起来,扭过头,看见一张白脸,两腮赤红,嘴吐蒸气。我似乎是认识这张脸的,但因为它被推成如此的大特写而显得陌生。他说话了,口气很冲:"你怎么回事儿?!怎么把老乡放进靶场了?!"山东口音提醒了我,此人正是另一个警戒哨兵刘峰,他另一只手还架着个驼背老太太。老太太显然是我骚扰田鼠的时候溜进靶场的,似乎挂了彩,哼唧着,顺着刘峰的手往下瘫,最后黑眼球没了,眼皮夹缝里只剩两线灰白。刘峰"大娘大娘"地叫喊,我吓得不省人事了。下一个印象,就是刘峰抱着老太太在我前面飞奔,一面大声说:"太不负责任了!玩心那么重,像个当兵的吗?!……"对面山坡上飘着红十字旗帜,刘峰是把老太太往战地救护队抱。我跟在后面,一边跑一边摔跤,两个腮帮上都是泪,是摔出来的或是吓出来的还是被刘峰骂出来的,现在我想,应该做全选。刘峰和我把老太太送进急救帐篷,正在"扮演"战地救生员的门诊部医生护士们围上来。接下去就是刘峰和我在棉门帘外面等噩耗。一会儿,刘峰站累了,蹲下来,扬起脸问我:"十几?"我蚊子似的哼哼了一声"十三"。他不再说话,我发现他后领口补了个长条补丁,针脚细得完全看不见。棉门帘终于打开,急救军医叫我们进去看看。我和刘峰对视一眼,是认尸吗?!刘峰哆嗦着问子弹打哪儿了。医生说哪儿也没打着,花了半小时给老太太检查身体,身体棒着呢,连打蛔虫的药都没吃过,更别说阿司匹林了!可能饿晕的,要不就是听了枪声吓晕的。

我们伸头一看,见老太太捧着个军用水果罐头,一勺子两大块糖水菠萝往嘴里塞。刘峰拽拽我,我们俩赶紧钻进棉门帘。刘峰对老太太又敬礼,又道歉。老太太呼噜呼噜地吃喝,专心给自己压惊,顾不上理会我们。

急救护士轻声说我们运气好,真打着她,她一家老小就不用吃红苕了,全都到文工团吃军粮去了。

回到我们驻地,故事更清楚了。贝斯手曾大胜跟人打赌,剩下几枪,他一定打出三个连续十环。所有人都打完了,曾大胜一人还趴在那里,半自动还剩两颗子弹了,他瞄了三分钟,一弹未发,向身后的军训科副科长借了条手绢,遮住一只眼睛,再开始新一轮瞄准。有人打趣说,这一枪,不打十环对不住科长的漂亮手绢。另一个嘴更损,说十环还值得这么瞄?这一枪非打出十一环来!曾大胜跳起来,跟说风凉话的踢打一阵,再开始第三轮瞄准。到此时,七分钟已经过去。这就是我为什么认为打靶已经结束,离开了岗位。

当天吃的晚饭是红苕米饭，大葱炒红苕片，红苕蒸咸烧白①。说是本地什么都不产，只产红苕，那个老太太偷越打靶警戒线，是为了在起过红苕的田里再刨一遍，一般总能收获漏起的小红苕或者被铲断的半截红苕。我们中一个人醒悟说，闹半天雷又锋救的不是普通老百姓，是个偷刨公社红苕的落后老百姓！另一个人说，还让落后老百姓骗吃一顿糖水菠萝，那可是首长的拉练特供！又有人说，军民鱼水情对落后人民白唱了吧？话剧队的老唐山说，雷又锋错叫了大娘；人家才不是大娘呢，听门诊部宣传员说，前天大娘还领了免费避孕套呢！大家都哈哈哈，雷又锋这回当错了雷锋，救错了人……

刘峰抱着特号大茶缸蹲在一边，往嘴里扒拉着红苕米饭，等大家说完，他开口了，说，什么先进、落后的，不都是老百姓吗？落后老百姓就该让老曾打十环？再说老百姓没有不落后的，你们到农村做一回老百姓试试，饿你们一冬，看你们落后不落后，偷不偷公家红苕？

我凑到他身边，想说谢谢什么的，又觉得该谢谢他的是那个落后老百姓。刘峰脸对着大茶缸说，这儿的红薯真不一样啊，嚼着跟栗子似的。你个小穗子，就因为你贪玩儿，这么好的红薯大娘今晚差点儿吃不上了。

---

① 扣肉。

反正,哪儿有东西需要敲敲打打,修理改善,哪里就有刘峰。连女兵澡堂里的挂衣架歪了,刘峰都会被请进去敲打。他心灵手巧,做木匠是木匠,做铁匠是铁匠,电工也会两手。这是个自知不重要的人,要用无数不重要的事凑成重要。他很快在我们当中重要起来。

　　我们跟刘峰真正熟识,是在他当上我们毯子功教员之后。我们每天最痛苦的时间不是早上跑操,不是晚上政治学习,也不是下午听传达文件,而是每天上午七点的毯子功课。那时江青还是"江青同志",据说她有条"圣旨"让舞蹈演员练戏曲功,练出工农兵气质。这条"圣旨"一直没被证实,很可能是团首长们为了我们乖乖地练毯子功编造的。我们那群女兵最大的十七,最小的十二,排成一队有七八米长,毯子功一个半小时,我们一个个由刘峰抄起腰腿,翻"前桥"①,"后桥"②,"蛮子"③,跳板蛮子。尤其跳板蛮子,他得在空中接住我们,再把我们好好搁在地上。我们恨毯子功,首先是我们觉得它无用,其次是我们胆小,给跳板弹几米高再一个跟头翻下来,整个人经过刹那的恐怖休克,都不知道怎么落了地。因此只要刘峰提醒一句:"腰里使劲儿,啊。"

---

　　①　前软翻。
　　②　后软翻。
　　③　侧空翻。

我们就会给他白眼，越发不使劲，全由他搬运。

我们停止给刘峰白眼，是他当选全军学雷锋标兵的时候。当标兵本来不招人嫉妒，但它的结果太好，比如入党、提干，提了干结果更好，可以谈恋爱结婚分房子生孩子。所以人人明争暗夺当标兵。入党对我们这些十多岁的孩子兵也不是最重要的，重要的是政治待遇，以及由那待遇生发的优越感，有些文件只有党员配听。听文件也不是重要的，重要的是这帮党员拎着马扎，齐刷刷向小排练室操步，个个一脸的国家大事，把目送他们的我等进步青年看成虚空，那真是让我们顶眼红、顶妒忌。

我们中的郝淑雯是最后一个对刘峰收起白眼的。郝淑雯是那个提高了我们集体平均体重的丰满女兵，一米六九，还没碰到她就能感到她青春体温的冲击波。她是一个空军首长的女儿，父亲手下一个师的高射炮兵。郝淑雯一睁开眼的每天都要有人帮忙，骑车上街不会下车，就临时叫住一个过路人帮她扶住车后架，"哎，老乡！扶一下嘛！"男老乡们当然都会奋不顾身冲上去扶这个美色扑人的女兵。扶完还意犹未尽，巴不得扶两下、三下。自从来了个谁的忙都帮的刘峰，郝淑雯便每天"刘峰"不离口。有时郝淑雯的忙很难帮：缝被子把针丢失在棉花套里，让刘峰帮她棉絮里捞针。

刘峰被选为我们军区的代表，去北京参加全军学雷锋标兵大会，我们这才意识到，每天被我们麻烦的人，已经是全军的明星了。他从北京回来那天，我们女舞蹈队两个分队都坐在冬天的阳光下学文件，不知怎么冲着归营的活雷锋全站起来了。接下来更傻的事发生了，所有人都拍起了巴掌。

雷又锋顿时脸红，看样子是要掉头往大门外逃。但是他马上确定整天胡闹的女兵们此刻一点也不胡闹，有她们眼里的真诚崇拜为证。一向遭我们冷落，因此试图用冷漠呆板战胜我们的何小曼也动人起来，朝刘峰睁着两汪墨水似的眼睛。何小曼整个人可以忽略不计，就那双眼睛长对了，黑得就像秘密本身。

"学习呐？"刘峰说。

还是老老实实的，就这样问候我们。好像我们是他在村口碰上的一群纳鞋底的姑娘媳妇儿，正碰上他进村，搭讪一句："做活儿呢？"

刘峰胸前别着三等功军功章，真金子似的，在冬天的微弱太阳里给我们增加了亮度和温度。某个二百五带头，我们挨个跟刘峰握起手来。这个刘峰，一手还拎着个沉重肮脏的行李包，一只手给这么多人供不应求地握。他终于把行李袋扔在地上，咣当一声，里面的大茶缸摔疼了。刘峰走到哪里都带着他的多用大茶缸，吃喝洗漱都是它，男兵们开玩笑说，还可以用它舀水救火。

郝淑雯握着刘峰的手说,《解放军报》上登了他们会议的照片,她在上面找过他呢。

家在北京的女兵,父母混得还行的,都在雷又锋的行李里添了份重量。于是他在握手时对北京女兵说,你家给你捎东西了。

我是唯一没上去握手致敬的。第一,我自己因为谈纸上恋爱被记了一过,跟刘峰这样的大标兵是正反派关系。还有就是,我对刘峰这个严重缺乏弱点的人有点焦虑。我好像在焦虑地等待一个证明:刘峰是真人的证明。太好的人,我产生不了当下所说的认同感。人得有点儿人性;之所以为人,总得有点儿人的臭德性,比如找个像何小曼这样的弱者捉弄捉弄,在背后说说郝淑雯这种强者的坏话,甚至趁人不备,悄悄地飞快地倒点儿炊事班的香油,更甚者,坚决不买牙膏,轮流偷挤别人的牙膏。刘峰就是好得缺乏人性。他的好让我变得心理阴暗,想看他犯点儿错,露点儿马脚什么的。虽然我当时只有十六岁,偶尔也会有心理不光明的时候。后来果真出了"触摸事件",我的焦虑才释然。

不过那个暖洋洋的冬天下午距离事件的爆发,还有一年。他看见了欢迎人群外的我,走过来说:"萧穗子,你爸也给你捎东西了。"他的正宗侉味儿从"捎东西"三个字里丰润地流露出来。

所谓东西,无非是些零食和小物件,一管高级牙膏,一双尼龙袜,两条丝光毛巾,都算好东西。如果捎来的是一瓶相当于二十一世纪的娇兰晚霜的柠檬护肤蜜,或者地位相当于眼下"香奈儿"的细羊毛衫,那就会在女兵中间引起艳羡热议。所有人都盼着父母给"捎东西",所有女兵暗中攀比谁家捎的东西最好、最多。捎来的东西高档、丰足,捎的频率高,自然体现了那家家境的优越程度,父母在社会上的得意程度。像我和何小曼,父母失意家境灰溜溜,只有旁观别人狂欢地消费捎来的东西。我们眼巴巴地看着她们把整勺麦乳精胡塞进嘴里,嘎吱嘎吱地嚼,蜜饯果脯拌在稀粥里,替代早餐的酸臭泡菜。至于巧克力怎么被她们享用,我们从来看不见的,我们只配瞥一眼门后垃圾筐里渐渐缤纷起来的彩色锡箔糖纸。我们还配什么呢?某天练功结束从走廊上疲沓走过,一扇门开了,伸出一个脑袋,诡秘地朝你一摆下巴。这就是隆重邀请。当你进门之后,会发现一个秘密盛宴正在开席,桌上堆着好几对父母捎来的美食。出现这种情况原因有三,一是东道主确实慷慨;二是捎来的东西是新鲜货,比如上海老大房的鲜肉月饼或北京天福号的松仁小肚,不及时吃完就糟践了;三是家境既优越又被父母死宠的女兵有时需要多一些人见证她的优越家境和父母宠爱,我和何小曼就是被邀请了去见证的。

在刘峰赴京开会之前,我收到父亲的信,说从劳动改造的水库直接被借调到北京电影厂。我给父亲写了封信,交给了刘峰。我的意思是如果刘峰在北京实在没地方串门，也实在有空，就替我去看看我阔别好几年的父亲。信自然是个由头，真话我也不会往上写。那时我的真话往哪儿都不写。日记上更不写。日记上的假话尤其要编得好，字句要写漂亮，有人偷看的话，也让人家有个看头。我渐渐发现，真话没了一点也不难受。我跟爸爸都在彼此大而化之的字句里读出真话。

我傻乎乎地问刘峰，我爸给我捎的是什么？

刘峰说他没看，不过我爸托交的包裹最沉。我偷瞥一眼所有人，希望她们都听到了，我爸不再是反动文人，不再是工资被冻结每月领十二元生活费的文明叫花子，而是在北京的电影厂里上班、给女儿捎得起东西的父亲！但没人留神我的成分改变和翻身解放，都还晕在对刘峰的崇拜里。刘峰拎起地上灰狗般的行李袋，说他一会儿把东西给女兵们送来。意思是他要在宿舍里完成分检。不是每家父母都细心，在包裹上写清名字的，不分检清楚，万一张三被李四的父母错爱了呢。

我们散会前，刘峰拎着那个行李袋回来了。他把自己的私人物品分检出去了，可行李袋一点没见小。刘峰是个人拥有品极少的人，出门又会精简再精简。我们女舞蹈二分队有四个北京人，刘峰从丑陋疲惫的行李袋里先拿出四个包裹。最后一个，第五个，是父亲给我带的。那是体积最可观的一个包裹。塑料袋在当时可不被看成环保垃圾,而是值得爱惜一用再用的好东西。父亲一定是专门弄来这个印有北京友谊商店店标的双料大塑料袋,那样的华美让它盛装的无论什么都华美了。

下面是刘峰的原话。

"我打电话到你爸电影厂招待所,跟他说对不住,会议安排忒紧,电影厂离城里远,咱又人生地不熟,这回就不拜访您了。我还说,叔叔您看我是不是把萧穗子让带的信投邮筒里给您寄过去?你爸问我住哪家招待所,我说我还真说不清,头一回来北京。第二天一早,他找上门来了,我纳闷他怎么找着了我住的地方。他说打听个招待所还不容易?你爸非得请我吃饭。我说会议伙食好着呢,四菜一汤。他说四菜一汤有啥吃头,他要请我吃北京烤鸭!我告诉他会议代表不能随便离会,吃了午饭还要分小组讨论,你爸这才算了。晚上他又来一趟,送来这么个包裹。还非送我一条烟,我说我不会抽。你爸说让捎这么重的东西,三千里地,过意不去,问我不抽烟酒喝不喝?我说那更不会了。他又说,那你都说说看,你还不会啥?我看看还能不能找点儿你会的送给你。我说您就别客气了,不就捎点儿东西给萧穗子吗?是我应该做的。"

刘峰把一个父亲爱女儿的急切和渴望做报告一样叙述一遍。跟他开导我的语调差不多。我那场历时半年的纸上谈爱暴露之后，情书全被缴获，刘峰在两所院墙之间的骑楼上找到了我。我手里拿了一根背包带，头顶上有根结实的横梁，多年前不知吊过多少军阀大户的丫头小姐。他一把夺过背包带说，萧穗子你好糊涂。组织派他来挽救我，来得正是时候，晚一步就太晚了。

"……萧穗子，你千万不要悲观，背思想包袱，在哪里摔倒就要在哪里爬起来。刻苦改造自己，大家还是会欢迎你归队的嘛。浪子回头金不换嘛。就给大家看一个金不换！怎么样？"

作为一个小说家，一般我不写小说人物的对话，只转述他们的对话，因为我怕自己编造或部分编造的话放进引号里，万一作为我小说人物原型的真人对号入座，跟我抗议："那不是我说的话！"他们的抗议应该成立，明明是我编造的话，一放进引号人家就要负责了。所以我现在写到这段的时刻，把刘峰的话回忆了再回忆，尽量不编造地放到一对儿引号之间。

刘峰对我爸的描述语调虽然乏味，还是让我鼻子酸了，能想象出一个做了好多年阶级敌人的父亲，怎样笨拙地学起庸俗的社交手段来。爸爸想送刘峰礼物，看起来是犒劳刘峰三千里地当马帮运货的辛苦，实际上是拉拢刘峰，为了他不得意的女儿。刘峰是全军学雷锋标兵，政治光环好歹能罩着我一点。逆境让爸爸这样的人学庸俗，学拉拉扯扯，正是这一点让我心酸。

　　吃晚饭的时候，北京友谊商店在我们全体女兵和部分男兵当中已经著名了。本来它也是一个著名的所在，据消息灵通的北京兵说，进那个商店的都是特权人士，外国专家，外交官，华侨，中国出访代表团成员。那里头人民币可不流通，流通的叫外汇券，是一个有着自己专门货币的小世界！我父亲此刻的身份高低，大家可想而知。其实父亲是没那份特权的，但他在北京混入的社会阶层，尽是那种特殊身份的人物。后来，那是很后来了，已是刘峰在中越前线负伤之后，何小曼因为背着一个伤员行走十多公里而立功之后，我才知道当时父亲是沾了一位谢姓大导演的光，蹭他的护照进了友谊商店。一九七六年这位导演身边有许多人为他写剧本，这一大帮人的名字叫作"集体创作"，我爸爸当时也没有自己的名字，跟那一大帮人被叫成"集体创作"。

　　晚上排练或班务会之前，我们有一小时的自由活动时间。短短一小时的自由，我们得紧张地消费。阴暗角落偷个吻，交换一两页情书，借一帮一一对红调调情，到心仪的但尚未挑明的恋人房里去泡一会儿，以互相帮助的名义揉揉据说扭伤的腰或腿……那一小时的自由真是甘甜啊，真是滋补啊，及至后来游逛了大半个世界拥有着广阔自由的我仍为三十多年前的一小时自由垂涎。那一小时当然还可供我们加餐，就是吃零食。官方伙食是不值一提的，每礼拜四吃豆腐，每礼拜五吃面条，每礼拜六吃包子，这是可预期的好伙食，余下的多半个礼拜，是不可预期的坏伙食。零食的重要性在于此，缺乏零食的严重性也在于此。所以，刘峰给我带来的，简直是一夜暴发的财富。对了，刘峰在跟我交接那个友谊商店大包裹时还转达了一句爸爸的嘱咐："叫穗子分给小朋友们吃。"从小到老，爸爸把我的所有朋友一概称为小朋友。我至今还记得那天晚上我翻身的喜悦，当主人的自豪。刘峰千里迢迢带来了我的大翻身，刹那间贫民成了土豪，让所有人开我的仓分我的粮，我头脑里响着狂欢的唢呐，动作里全是秧歌。我拆开塑料包，光是巧克力就有两公斤！十二平方米的宿舍里，顿时各种霓虹彩幻的糖纸铺地，我的虚荣和梦想，父亲懂得，全部成全我，通过刘峰——我们的雷又锋，让我做一回暴发户败家子，大把大把的来自友谊商店的人民币买不到的高级舶来品让我分给平时施舍我的"小朋友们"。

　　第二天早上的毯子功功课，刘峰照常站在毯子边上。抄跟头的活儿苦，全军标兵还接着干这个？这是我们一致的内心独白。我们这帮女兵最轻的八十斤，最重的也有一百出头。坏伙食让人长胖，那个时代我们就明白。一个半小时毯子功功课，刘峰等于干一份额外码头搬运工，把我们一个个掀起来，在空中调个过儿，再放到地上，还是需要轻搬轻放的易碎货物。最初他之所以摊上这份搬运工，就是因为没人愿意搬运我们。

　　抄功师傅是这样扎架势的：双腿岔到两肩的宽度，少许弯曲膝盖，像一个骑马蹲裆步停在了半途，同时两个小臂交叉，拳头握起，往你背下一垫，再猛往空中一掀，由丹田发出一声闷吼："走！"刘峰为什么要吼这一声，那你去问问码头搬运工为什么要喊号子。抄功的是要借助被抄功者的助跑、起范儿、腾跃，共同完成一个侧空翻或前空翻。刘峰的不幸在于我们谁也不真正起范儿，更不腾跃，态度就是：领导让练毯子功的，领导让翻这些劳什子跟头的，那就让领导派的人帮着翻吧。于是刘峰每天对付的，就是我们这一个个人形麻包。抄功不仅累，还影响自己；像刘峰这种翻跟头的人最讲究下身轻，腿要飘；而抄跟头却是反着，重心重量都要放在腿上，恶果是腿越来越重，跟头也会越翻越砸夯。抵消这恶果的办法刘峰也是有的，至少他自己相信它是个办法，那就是拿大顶。据说拿一小时大顶能抵消十小时的搬运。因此毯子功课堂上，我们一串跟头下来一律蹲着休息，他一律拿着大顶休息。每搬运我们一个小时，他要花十五分钟拿大顶，这么头朝下脚朝上倒着控一控，似乎能把沉进腿里的重量倒腾回去。刘峰一边拿顶，两腿还在空中不停抖搂，看起来是把他自己当成一个装豆子的竹筒，或者装水泥的纸袋，颠倒一番，抖搂抖搂，水泥或豆子就会被倒灌到另一头去。

那时假如一个男兵给一个女兵弄东西吃，无论是他买的还是他做的，都会被看成现在所谓的示爱。一九七六年春节，大概是年初二，我万万没想到刘峰会给我做甜品吃。我被堵在了宿舍里，看着对同志如春天般温暖的雷又锋，头晕眼花。把我的情书出卖给领导的那个男兵在我心里肯定粪土不如了，但不意味着任何其他男兵都能填补他的空缺。我晕晕地笑着，脸大红，看他把一个煤油炉从纸板箱里端出，在我们三人共用的写字台上支好，坐上一口漆黑烂炭的小铁锅。锅盖揭开，里面放着一团油乎乎的东西。他告诉我那是他预先和好的油面。他还解说他要做的这种甜品，是他老家的年货，不逢年过节舍不得这么些大油大糖。说着他对我笑。刘峰的笑是羞涩的，谦恭的，笑大了，还有一丁点赖，甚至……无耻。那时我会想到无耻这层意思，十六岁的直觉。现在回忆，他的谦恭和羞涩是有来由的，似乎他本能地知道"标兵"不是个本事，不能安身立命，不能指它吃饭。这是他的英明，他的先见。他又笑笑，下巴示意手里操作的甜品，土家伙，不过好吃，保你爱吃！我心里空空的，他每句侉音十足的普通话都在里面起回音。雷锋也干这个？用弄吃的示爱？……在我混乱并阴暗的内心，主要感觉竟然是受宠若惊。刘峰不单是团干部，人家现在是党委成员了。他从帆布挎包里拿出一个油纸包，打开，里面是一团黑黢黢的东西。一股芝麻的甜腻香气即刻沁入我混乱黑暗的内心。他把面团揪成一个个小坨儿，在手心迅速捏扁，填上黑黢黢的芝麻糖，飞快搓成一个大元宵，又轻轻压扁。我看着他作坊工人般的熟练，连他复员转业后的出路都替他看好了：开个甜品铺子。锅里的菜油开始起泡，升起炊烟，他说，把你们全屋的人都叫来吃吧。我放心了，也失望了，为自己的自作多情臊了一阵。我们同屋的三个女兵家都不在成都，一个是独唱演员林丁丁，家在上海；另一个就是香艳性感的郝淑雯。刘峰又说，他其实已经招呼过林丁丁了；中午她在洗衣台上洗被单，他就邀请了她，没明说，只说晚上有好吃的，四点钟食堂开饭少吃点儿。原来丁丁是他请的头一个客人。他又接着说，小郝馋嘴，早就跟他央求弄吃的了。哦，看来第一个受到邀请的是郝淑雯。郝淑雯跟哪个男兵要吃的会要不来？她动手抢他们都欢迎。

我看清了局面，三个同屋，蹭吃的是我。我问，那小郝人呢？他说放心吧，她一会儿准到。他推开窗户，窗外是一条没人走的窄巷子，排水沟又宽又深，偶尔有起夜的女兵偷偷往里头倒便盆。沟那边是一所小学的围墙，从来听不见念书声，总是咚咚呛呛地敲锣打鼓，给新下达的"最新指示"报喜。围墙非常老，砖头都粉化了，夏天苔藓绿丝绒似的，偶尔冒出三两丛野石竹。刘峰手和嘴都不停，话已经转到我父亲那里去了。他从来没见过我父亲这样的人，穿衣打扮举手投足都跟他认识的人不一样。有点古怪,嘿嘿……
穿那种深灰毛料,上面还带细白道道,头发老长,打弯儿,脑
后一排头发撅在后衣领上,头油都蹭上去了。像个旧社会
的人。不是劳动改造了七八年?那要是不改造呢?不更
怪?我说怪也不该改造啊,还不让人怪了?!

"对嘛,所以给咱叔平反了呀!"

我蒙了一会儿,才明白他的"咱叔"是我爸。刘峰的样
子是很称心很解气的,终于摆平公道了,他为我爸称心呢。

下面又是他的原话。

"别往心里去。那些人说你这个那个的,别上心。你爸
是个好人。你爸真是好人。这谁看不出来?小穗子,挺起
腰杆做人,啊?"

还是那种乏味语调。但说完他看着我,目光深深的。

假如以后的日子我记不住刘峰的长相,但他的目光我
别想忘掉。

刹那间我几乎认定刘峰就是专门为我备的年货,让我
私下里过个年。他拉上那两个志得意满的女同屋,不过让
她们当电灯泡。我的案子事发,只有很少几个人对我说过
同情的话。刘峰的同情,非同一般,代表最高美德同情我。
刘峰跟我是人群的两极,他在上,我自然在底部,也许比何
小曼还低。没人觉得何小曼危险,而我,让他们感到作为对
手,有一种神秘的危险。刘峰对我的关怀同情,基于对我父

亲的认同，为此我都可以爱他了。那是个混账的年龄，你心里身体里都是爱，爱浑身满心乱窜，给谁是不重要的。刘峰说别哭，给，擦擦。他居然掏出一团糟粕的手绢给我，搁在平常我是要恶心的，但这一刻，不洁都象征着温暖和亲密。我认定这些土头土脑的甜饼就是专为我做的。你被孤立了太久，被看成异类太久，什么似是而非的感情感觉都可以拿来，变成你所需要的"那一种"关爱和同情。但下一刻我就明白真正的爱或者关爱是什么了。林丁丁和郝淑雯同时进来，刘峰此刻正面朝窗外湿漉漉的冬夜，向她俩转过脸，那双单眼皮下发出的目光和看我是决然不同的。虽然雷又锋的身份使他仍然持重，但那目光是带荤腥的，现在看来就是带荷尔蒙的。他军鼓般的心跳就在那目光里。

这就明白了。刘峰爱的是她俩中的一个。想也不用想，当然是郝淑雯。前一年郝淑雯跟刘峰一块出过一趟差，去刘峰曾经做苦孩子的梆子剧团，学了个梆子独幕剧回来。郝淑雯是可以唱几声的，唱得不是最好，但唱歌的人没有她的舞蹈基础；她跳得也不好，但舞蹈队里又没有像她这样能开口唱的，因此这个载歌载舞的梆子戏，她就是独一无二的女一号。刘峰扮的是一个反派，最后要被女一号打翻在地。那是两人萌发恋爱的好时机。后来"触摸事件"暴露，我才知道我当时的判断多么失误。

林丁丁是个文气的女孩，比郝淑雯大一岁，当时应该二

25

十岁。细皮嫩肉的丁丁，有种上海女子天生自带的娇嗲，手脚轻微地不协调，像小儿麻痹症落了点儿后遗症，而这不协调给了她一种稚气，看她走路跑操人都会暗暗怀着一点儿担忧：可别摔了。她话不多，每天总有一点身体不舒服。这种时常生小病的女孩最让我们羡慕：带病坚持工作，轻伤不下火线，诸如此类的表扬嘉奖都归这类女兵包圆。我们那时都盼望生病。一帮年轻健壮的青年，挣死了表现不过是帮炊事班喂喂猪，切切土豆丝儿，多扫几遍院子，多抹几趟走廊，多冲几次茅坑，可毕竟是茅坑少，人多，上百个人都要挣学雷锋的表现，那得多少茅坑多大院子？所以每天闹点儿小病的人自然条件就比我们这些健康人要好，人家天生"轻伤"，尽一份本职就是英勇。丁丁还有一点，就是天真无知，那么一把岁数，你说阿尔巴尼亚人爱吃山鹰，所以叫山鹰之国，她也会圆眼睛一瞪："真的呀？"她比我大四岁，可是拉到马路上肯定所有老百姓都会认为她更小。我们三人合用一个书桌，假如三个抽屉同时打开，你会发现只有丁丁是个女孩，我和郝淑雯都是地道丘八。丁丁其实也没什么好东西，但所有破烂让她仔细收拾，就都摆放成了体己和细软。丁丁有一双不大但很圆的眼睛，绕了两圈不长但浓密的睫毛，让现在的人看，一定误认为她文了眼线。我当时真的愚钝，不知林丁丁暗中接受了刘峰多少小恩小惠。刘峰帮所有人忙，明着帮，但没人知道他暗中帮林丁丁更多的忙。

我们三个女兵从床下拿出马扎子,餐桌就是刘峰装煤油炉的纸板箱。刘峰自己蹲在地板上,说他老家的人都很会蹲,蹲着吃饭蹲着聊天,蹲着比坐着还舒适。我们有什么办法,只好让雷又锋舒适。刘峰做的甜品真好吃,他自己只吃一个,看着我们三人吃,像父亲或者大哥一样心满意足。林丁丁的手向第四个饼伸去的时候,刘峰说,哎呀小林,这玩意儿不好消化,净是油,回头别闹胃疼。丁丁的手在空中犹豫了一下,郝淑雯已经一把抢到自己手里。郝淑雯当时也被误导了,认为刘峰理所当然是为她做的饼,我们两个同屋是蹭吃的。任何男兵对她的殷勤她都是不多想的,先笑纳再说。欠她殷勤她可不答应。炊事班马班长一打肉菜就帕金森,马勺又是颠又是抖,一旦给小郝哆嗦掉勺头上两片瘦肉,小郝会夺过勺往马班长脑壳上打。一次冬训野营,毛毛雨里行军三十公里,到宿营地所有人都成了冰冷的泥团子。炊事班两口大锅同时烧洗脚水。到处稀泥,没地方坐,我们多数人都只能站着,一只脚先放进盆里烫,拿出来穿上鞋袜,再烫另一只脚,等另一只脚烫热了,解乏了,前面烫热的脚又站乏了,冻凉了。郝淑雯找了个长形木箱坐上去,两脚泡在热水里无比受用。首席中提琴手端着一盆水过来,叫她挪挪,他也要坐。小郝说不行,两人坐箱子吃不消,三合板箱子,咋吃得消两个屁股?中提琴手说是吃不消,那就请她起来。她看着他笑，意思是你想什么呢？我给你让座？中提琴手问她，知不知道木箱里装的什么。小郝不知道。中提琴手告诉她，装的是中提琴，正式的琴盒坏了，这个是舞美组临时用三合板钉的。小郝还是看着他笑，照样不让。中提琴手急了，说箱子里装的是老子的琴，小郝你不要吃屎的把屙屎的还麻到了[①]！小郝仍然笑，学他的四川话说，老子就要麻到你。男兵们对郝淑雯毫无办法，不给她甜头吃她会抢。

那天晚上甜饼吃过后，一个周六，我和郝淑雯看完露天电影回来，同时嗅到屋里一股油腻的甜味。小郝问丁丁，又吃甜饼了吧？丁丁反问，什么甜饼？没有啊！小郝伸着脖子，就像要用舌头舔舔空气，来戳穿丁丁的谎言。

后来爆发"触摸事件"，我回想起来，觉得刘峰对林丁丁的追求，可能远远早于那个甜饼之夜。早到什么时候？也许早到林丁丁刚来的时候。丁丁最早是插队知青，又被地方歌舞团招募，到我们歌舞团来的时候，舞台上已经相当老到。你看在台下孩子气十足的丁丁，完全不能想象这就是上台挑大梁的独唱演员。也不能想象这就是那个陪首长喝酒，带地方剧团习气的丁丁。你不知哪个林丁丁是真丁丁，反正肯定有一个是伪装的丁丁。林丁丁从新兵连出来不

[①] 欺负到了！

久,赶上我们业务集训。集训时期,声乐队演员也要上形体课,也要拉山膀踢腿跑圆场。舞蹈队队员轮流教他们形体课。这天轮到刘峰。从好几种转述中我想象这么个场面:刘峰站在小排练厅的一头,看着一队笨手笨脚、嘻嘻哈哈的男女声乐演员迎着他踢前腿。站在刘峰的角度,每一条穿着灯笼裤的腿踢起,都是冲着他的脑门,差一点的,是冲着他的鼻尖。就在林丁丁冲着他的喉结扬起腿时,他叫了一声:"使点儿劲!"丁丁眼睛向他诉苦,但他不明白她诉的什么苦。接下去的一下,丁丁腿就是照着他的练功服的拉锁高度踢了,眼里的苦情更深,刘峰照样不领会,又来一句:"认真点儿!"丁丁又是一腿,只踢到他肚脐高度,可就是这一下,把一个东西从她灯笼裤管里发射出来,直飞向刘峰,落在他两只黑面白底的士兵布鞋之间。这可是一个见不得人的东西。林丁丁的脸顿时血红,扑上去,捡起它来,跟捡自己命根似的,然后撞开门飞奔出去。大概把那东西看清的只有刘峰。假如丁丁后来不是寻死觅活地哭,肯定不会有太多人对此感兴趣的。刘峰却在那里白着脸。他窥视了闺房秘密,虽然不是故意,却感到某种罪责。半截被血泡糟的卫生纸,只有梢头是白色,其余部分惨烈地猩红。女兵们月月要发生的这件事,男兵们都不当秘密,出早操跑步,哪个女兵若喊"报告",执勤分队长不敢不批准:"出列!"这声"报告"也就报告了所有男兵,那件女人月月发生的血案此刻正发生在自己身上。正发生血案的舞蹈女兵是不用上毯子功和舞蹈课的,但必须"看课",常常有几个昏昏欲睡的舞蹈队女兵坐在练功房的长板凳上,无聊而无奈。

　　林丁丁从小排练厅冲锋到大厕所,骑站在茅坑上,号啕大哭。我们的公共厕所是这样设计的:男界女界之间,墙壁没有达到屋顶,墙头上流通着同一个食堂的饭菜在人体里打了一转又出来的气味。常常是这边女兵打听晚上排练什么,那边就有男兵脱口而出地回答:"跟乐队合排《卓玛上大学》!"也常常是这边女兵起头唱一句什么,那边就有男兵跟着合唱。于是丁丁的号啕一下子把隔壁的一声高歌"光辉的太阳……"堵截住。五秒钟的静默之后,男高音问:"这谁呀?!"丁丁此刻已经哭得蹲下了。隔壁大概进来一个乐队男兵,听了一会儿林丁丁的悲声,长叹一声:"妈哟!什么调?"

　　男高音说:"High C!"

　　隔壁的男兵人数多起来,一片打听和议论声浪。

　　"咋个喽?!"

　　"死人了哇?"

　　断墙这一边,女兵人数也多起来,一片劝解和安慰。

　　"有啥子关系嘛?"

　　"未必哪个的妈不来例假?"

　　丁丁抽泣,"他们都看见了!……"

"谁看见谁负责！"

这是郝淑雯说的，一面还朝断墙那边挑着下巴，寻衅挑事似的。那时小郝、我、林丁丁还不住同屋。领导隔一年会调整一次住房，防止我们一个屋子住久了，住出感情，住成帮派。男兵的代表在断墙那头开始问询："到底出了什么事？"

"什么事也没出！"女兵这边由声乐队长代言。

"那哭啥子？"

小郝顶撞道："少问！"

"总得有点阶级感情吧？哭这么惨都不让问？"

郝淑雯似乎为又得到一个斗嘴的借口，笑容都上来了，"女娃娃家的事，瞎问什么？"

声乐队女分队长伸出手去把丁丁往上拉，一面哄她："吃一堑长一智，下回来例假不踢腿就是了！舞蹈队的到这时候都请假！"

丁丁呜咽，"没人告诉我……可以请假的呀！……多丢人啊！……"

郝淑雯倒是大度大方，照样冲墙头那边喊话："有什么丢人？谁往脏处想谁丢人！"

此刻男厕所一个声音冒出来。是德高望重的声乐教员王老师在说话："小林不哭了。哭坏了嗓子，啊。"声乐老师五十多岁，嗓音一点儿不显岁数。他是很疼丁丁的，十几个弟子，丁丁一开口唱，就征服了他的心。小林的音色特别，稀奇，有种奇怪的感染力，老师背地跟不少人琢磨过丁丁。林丁丁这一出戏够轰动，把五十多岁的王老师都哭来了。

女兵们把哭得柔弱疲惫的林丁丁架出厕所，男兵们全站在男厕所门口观望。似乎丁丁负了重伤，或者受了某畜生的糟蹋。那截血污卫生纸的目击者们都用眼睛糟蹋了她。男兵群落里站着刘峰，莫名其妙地感到自己该负某种责任。

等大家把丁丁哄到床上，盖上被子，刘峰胆战心惊地走进来，傻站了一会儿，想负责又不知负什么责，无趣了一阵，还是走了。第二天他看见丁丁，丁丁脸猛一红，他的脸也猛一红，都明白，刘峰是把那血污东西看得最清楚的人。那血污东西如同一个深红色飞行物，差点就在他身上结束旅程。那件摩擦在丁丁最私密处的东西怎么就冲破了卫生带的束缚，冲破灯笼裤腿松紧带的封锁线；松紧带的封锁只增加了反弹力和爆发力；飞将出去，直达刘峰脚边？刘峰想到林丁丁踢腿时那三道诉苦的目光，他怎么就完全不解风情？不就是他逼的吗？"使点劲儿！""认真点儿！"好了，那么个血淋淋的秘密从裤管里被发射出来。就算刘峰没看到林丁丁的女性核心，看到的也是离核心最近的东西。甚至看到比核心还核心的东西，那原是可以生发一个小生命的红色热流，从那个极小的血肉宫殿里，通过一条柔软漆黑的渠,决堤在这片由某个街道工厂生产包装的带有粗糙颗粒的长条纸上……

当然这都是我想象的。我在这方面想象力比较丰富。所以大家说我思想意识不好,也是有道理的。我想刘峰对林丁丁的迷恋可能就是从那个意外开始的,所以他的欲求是很生物的,不高尚的。但他对那追求的压制,一连几年的残酷压制,却是高尚的。他追求得很苦,就苦在这压制上。压制同时提纯,最终提纯成心灵的,最终他对林丁丁发出的那一记触摸,是灵魂驱动了肢体,肢体不过是完成了灵魂的一个动作。

让我们来看看林丁丁这一头的故事。这一部分的林丁丁,是刘峰不认识的。丁丁的这一段生命流向,跟刘峰的,根本不平行。丁丁做着大多数文工团女兵共同的梦:给一个首长做儿媳。她在北京的军队大院有个姨妈,她叫她二姨。二姨也同样像大多数中年女长辈一样世俗,时刻竖着"雷达",为她所有"条件不错"的晚辈捕捉高攀的可能性。二姨认为她所有晚辈里条件最不错的就是她大姐的这个女儿,独唱演员林丁丁。她神通广大的"雷达"居然搜索到成都来了,七拐八弯地介绍丁丁去一个副司令家做客,副司令可是有三个儿子呢,总有一个会勾引上丁丁或被丁丁勾引。刘峰第一次给林丁丁做甜饼,正是在丁丁收到姨妈的那封介绍信的时候，正是她为穿哪件羊毛衫上副司令的门而伤脑筋的时候。假如我们相信那个天真无辜的林丁丁是真的丁丁，那么我们可以相信她后来的说辞："我一点也不知道刘峰对我有意思！"那我们还得相信，刘峰的自制力有多强，所有表露都被压制成一个个甜饼。刘峰和林丁丁是够条件正式谈对象的。他们都是军官，不早婚早育就行。他们完全可以像团里正经谈对象的男女一样，把饭打回宿舍，加上一两个自制的私有菜肴，哪怕加一点私有的佐料，一勺辣酱或一小碟蒜泥，就能把集体伙食吃成两口子的小灶。可刘峰对林丁丁，一直就那么远远地守望。他觉得她还在进步，事业上的，政治上的，他不该早早打扰她。总该等她入了党吧，这件事他是可以使上劲的。后来的事实证明，在丁丁的入党大业上，他确实建立了丰功。并且他自己也繁忙，大大小小的标兵模范都要他当，大家就像推举他缝补大幕、修理食堂板凳、疏通洗衣台下水道那样总是全票推举他当标兵。国家隔一阵来一回政治运动之后，打倒了这个批判了那个之后，都要倡导一回美德或雷锋精神，这便是他最忙的时候，去部队巡回演讲，到中学小学做报告，参加军区的或全军的表彰会。会与会之间，他忙着做出雷锋式的作为，以跟他一大堆英雄称号相配。一天夜里，我私下练了一个很有难度的舞蹈动作，经过道具库房，见里面还亮灯。熄灯号已经吹过一小时了。那是一年里最热的几天，道具库房的两扇窗户大开,远处就能看见刘峰顶着亮闪闪一头汗珠,蹲下站起地忙着什么。我好奇心上来,走到窗前。刘峰耳朵上夹着一支笔,牙缝里叼着两颗铁钉,穿着汗背心的肩膀上沾满布料的纱头。他正干的事儿一看就是相当生疏吃力的:把一块混纺粗花呢往框架上绷,不是使不上劲,就是使错了劲,每一次拉扯布料,他的嘴巴都要地包天一下,太阳穴也跟着一痉挛。

我招呼道:"都半夜了,还忙呢?"

他的回答从咬着铁钉的牙缝后面出来,说,炊事班马班长要结婚了。

炊事班长要结婚,他忙什么?我更奇怪了。

"没钱呀。"他从口中取下铁钉,"他对象非要一对沙发,不然她不让马班长安生。凑合给他打一对儿吧。三十岁了,又是农村兵,找个成都媳妇儿不容易。"他滴汗的下巴在汗湿的背心肩带上狠狠一蹭,汗珠不是擦掉的,是被刮掉了。

我再一次想,这是个好人。无条件、非功利的好。一个其貌不扬的身躯里怎么容纳得了这么多的好?我们这个世界上,也许真有过一个叫雷锋的人,充满圣贤的好意和美德。

这是一九七七年的夏天,连队化建设管理,领导已经不再提了。领导现在对我们睁一只眼闭一只眼地管理,营房

35

里穿花衬衫的越来越多，夜里出去遛弯的男女，归队越来越晚。对我不良思想意识大批判的人，开始秘密传看手抄本《少女之心》。做首长儿媳梦的女兵大部分都圆了梦。林丁丁似乎不是个成功例子，还是每天按时到王老师那里上声乐课，听说"罗马尼亚以骡子和马著名"，她还会："真的呀?!"听说"哥伦布发现美洲大陆，上海人发现阿拉斯加——阿拉是家嘛!"她也会："是吗?!"你会想，她那不小的一把年岁都在哪里长着呢？等你看见她怎么在两块手表之间倒腾，对她天真幼稚的怀疑就会被驱散。她的抽屉里放着一块上海表，手腕上戴着一块摩凡陀，要不就反过来，摩凡陀在抽屉里休息，手腕上值班的是上海牌，两块表的上班下班，怎么调休，取决于她的哪一个追求者来队。一个追求者是宣传部的摄影干事，一个是门诊部的内科医生。医生算是我们的驻团大夫，一礼拜总要来一次给我们巡诊。摄影干事也来得比较勤，给我们照资料照、排练照和演出照。摩凡陀是医生送给丁丁的礼物，一个古董，K金表壳，戴一天要校对七八次时间。上海表是摄影干事送的，也不是全新，第一任主人是干事的未婚妻，未婚妻让干事戴了绿帽子，干事硬是跟她把上海表讨了回来。医生岁数该算个中年男人了，结过婚，鳏居六七年，带着一个女儿。他优越于干事的地方是个子高，身材瘦（丁丁不喜欢胖子），性格温和，尤其对天天闹不舒服的丁丁来说，十分方便，生病可以随时看病,不生病可以预防生病,并且医生有学问有钱,据说他远在福州的老家很有家底,一堆华侨亲戚。摄影干事优越于医生的是年轻,活泼,常给各部门首长照相,因此上上下下都吃得开,提拔有望,自己可能当首长;但比较胖,还戴眼镜,这两点丁丁认为顶不漂亮。现在看出来了吧?选择男人,丁丁比我们所有女兵都成熟世故:她看他本人的本事,不看他老子的本事。那些做副司令副政委的老子们即便有打天下的本事,儿子们大多数都是华而不实的公子哥儿。林丁丁的成熟和世故是冷冷的,能给荷尔蒙去火。也许我的判断太武断,林丁丁真的天真幼稚,儿女之事开窍晚,她允许医生和干事同时追她,不过是给他们面子。还有,女人谁不虚荣呢?多一些追求者,多一些珠宝,都好,都是打扮。

连何小曼都有人追求。何小曼被处理到陆军医院之后,跟一个男病号成功地恋爱起来。男病号是个排长,因为严重的胆结石住院。那个肝胆科是全军区的先进科室,发明了一种中草药排胆石疗法。何小曼结束了半年的护士速成班之后,到这个科室做了一名实习护士,跟着所有医护人员沙里淘金一样在病号们腹泻的粪便里淘胆石。她专门负责那个排长,从排长粪便里淘出大大小小二十多粒胆石,最大的一粒,相当于十克拉钻石。最大的胆石被装在一个玻璃器皿里,浅粉带褐,渐渐银灰,细看银灰上还嵌有一条条微妙的细血丝，那奇特的质感和难以形容的色泽以及形状，也许使小曼和排长联想丰富起来……珠蚌用体液和疼痛孕育珍珠，大山以暗流和矿藏孕育钟乳石，十克拉的胆石也一样，也是被体液和苦楚滋养打磨，也是一种成长着蜕变着的生命。两人凝视着玻璃器皿里的十克拉胆石，觉得它何尝不是珍宝珠玑，何尝不带有唯一性偶然性？何尝不是不可复制的？而取得它的工程又何其艰辛，耗费多少天日多少立升自来水在粪便里淘沙，不亚于下大海摸珠。看久了，两人觉得小石头何尝不可以做他们的信物？排长突然说，何护士，送给你做纪念吧。何小曼惊恐地抬起眼睛。我说过，她那双眼睛是精彩的，尤其在她穿上白色护士裙，戴上白帽子和大口罩，那眼睛特有的黑暗凝聚力全然被强调出来。至于此后她脱下口罩，眼睛的凝聚力会不会被弱化，排长会不会产生失望的闪念，或略感上当，我从来没有证实过。排长在跟小曼结婚后的第二年牺牲在越南战场。非常窝囊的牺牲，被次品武器自伤，死在撤军回国的途中。此刻让我回过头，回到小曼和排长以胆石定情那一刻，跟随排长的感觉，沉没到何小曼深不见底的眼睛里。那双眼睛在我们这群疯疯傻傻的军版才子佳人中被埋没了，可在芸芸众生里，它们的精彩最终被发觉了。

当然，这场景是我想象的。唯一凭据是多年后何小曼给我看的一颗胆石。何小曼被文工团处理后，我是她唯一保持稀淡联系的人。大概她觉得我们俩曾经彼此彼此，一样低贱，有着同样不堪的过去，形容这段过去，你用什么都可以，除了用"自尊自豪"等字眼。何小曼离开文工团之后，我们去过她所在的陆军医院巡回演出。那是个野战医院，医院分三个包扎所，何小曼属于三所。三所没有礼堂，发电不稳，怕灯光靠不住，所以演出在傍晚六点开始。剧场就是露天篮球场，赛区做舞台，四周高起来的看台是观众席。川滇交界的山区，夏季天长，傍晚也长，已经晚上七点，掉在山后的夕阳还残剩一抹，给舞台打着追光。何小曼没有来看演出。后来知道她主动提出调班，在病房上特护。演出中我们发现了几乎所有女军医女护士都作怪。首先，她们全坐在最后一排，相对舞台最是居高临下，似乎不是在看我们抒情到肉麻程度的舞蹈，而是观看斗兽场的格斗，或是看三流马戏团的马戏，因此可以看得有一搭无一搭，每人都捧着一本书或者杂志，一旦她们认为我们的"马戏"看头不大，便捧起书来，于是最高一层看台上的白净秀丽面孔没了，成了一排书本。似乎她们跟何小曼一伙，知道我们这群人欺负过小曼，如此的无礼和傲慢是专用来替她气我们、报复我们的。

啊，我扯远了。还不到何小曼正式出场的时候。

回到林丁丁的故事中来。丁丁照旧在两个追求者之间,两块手表之间有条不紊地忙碌斡旋。那时候恋爱是件漫长的事,似乎滋味太好了,一下子吞咽首先要腻死,其次是舍不得,必须慢慢咂摸,慢慢地品。身体的每一寸肌肤都可以是性部位。头发梢,汗毛尖都可以达到高潮。从两只手打颤带汗地握到一起,到肌肤和肌肤零距离厮磨,往往是几个年头的历程。直到一九七七年的九月底,刘峰和林丁丁,两人的身体,肢体,肌肤彼此还完全陌生。可这一天到底来了。刘峰来到林丁丁门口,敲敲门。门里有人叫:"进来!"是郝淑雯叫的。听到这一声叫喊,刘峰差点扭头走掉。来之前他是做了一番侦察的,知道此刻这间屋只应该剩下一个人:林丁丁。因为晚饭后刘峰派我去机关保密室取文件(存心的),供明天团支部开大会用。后来,他亲眼看见一辆军用吉普绝尘而去。吉普的主人是郝淑雯的"表弟",听女兵称说表弟或表哥的,男兵们都会来一个小小的坏笑。一般小郝的"表弟"来,小郝就会做一回吉普女郎出门兜风。就在刘峰犹豫着要不要逃走时,门从里面拉开,对着小学后墙的窗玻璃都被震得咯咯响。郝淑雯发表弟的脾气,拉门用的力气足以放进那辆吉普。我的猜想是她跟"表弟"刚使了性子,"表弟"赌气开车跑了,这会门外有人敲门,她本以为"表弟"像惯常一样,找回来犯贱,让她把性子使完。可一看来客是刘峰,也知道刘峰找的不是自己,便从刘峰身边挤出门,趿拉着黑皮鞋走了。

小郝提了干之后，当了女舞蹈二分队队长，一上任就废除了女兵一年调换一次宿舍的规定。跟老同屋相处，省心许多，那些被老同屋知道或猜到的秘密，会留在同一个屋里。林丁丁的两块手表的秘密，我们是猜到的，但秘密一直待在我们的门里，没被扩散到门外。郝淑雯的秘密我们也是猜的，"表弟"是街上认的；"表弟"开吉普车跟骑车的"表姐"平行了一段路，一个在车窗里，一个在窗外，就"表姐表弟"上了。"表弟"有种二流子的帅气，又宽又扁的肩膀，又细又长的腿，军帽下的头发至少两寸，军装领口一圈黑丝线钩织的精致狗牙边，笑起来嘴有点歪，如果问他的部队在哪里，他就那样歪嘴笑笑，说在西藏呢。如果再问那怎么他一直在成都，他也是歪嘴笑笑，说他是部队的驻成都办事处。"表弟"有个在总后军械总厂当厂长的老子，厂长老子的部下用废旧和备用零件给装了一部上好的吉普车，他开着吉普满街逛，见到漂亮女兵就减速，郝淑雯是他多次减速追上的。郝淑雯对"表弟"的态度扯不清，不甘心与他进入正经恋爱，也不甘心跟他分手。这是个自由活动的晚间。是的，一九七七年我们常常一晚上一晚上地"自由活动"。电影院开门了，新电影旧电影场场满座，人们不是毫无选择地只能去礼堂看我们演出，尽管看了八遍了，熟得能在台下给我们提词儿了，但不看又没更好的事可干。不看我们夜也太长了，怎样消磨掉？军二流子"表弟"连我们中的明星郝淑雯都看透了："自己还拿自己挺当人——一张免费票就把你看了！想咋看你咋看你，想往你哪看往哪看。"正宗地方戏曲和话剧团开始上演新剧目，罗马尼亚的民间歌舞团来过之后，日本的芭蕾舞团居然带来了《吉赛尔》和《天鹅湖》，省城人民突然意识到，他们看我们各种夹枪带棒的"娘子军""女民兵"实在看的时间太长了，实在看够了，因而对我们演出的需求量逐渐减少。这就是我们有了许多自由之夜的主要原因。

刘峰推开门，发现林丁丁趴在桌上，听肥皂盒大的半导体里播放她自己唱的歌，专注得痴呆了。那份专注为她筑起一座城堡，把刘峰和小郝都隔绝在外面。刘峰慌张起来，不知怎样攻入她的城堡，求救地往旁边一张空床上瞥一眼，于是立刻找到了串门的借口，脱口就问："萧穗子呢？"

丁丁回过头的一瞬，耳机掉在了地上。刘峰抢先一步替她捡起，直起身的时候突然觉得脖颈一凉。一颗水珠顺着他的涤纶白衬衫领子滴了进去。丁丁从她墙一般厚的专注里突然出来，脸仍然是痴呆的，瞳孔都有点扩散。丁丁对于对象的不专注，就像她对自己歌声的专注一样，都是没办法的。刘峰此刻被心里和身上的激情弄得浑身瘫软，动作也不准确了，一面把耳机递给丁丁，然后伸手去擦后脖梗上的水，同时混乱地想，不会是漏雨呀，抬头一看，原来水源来自晾衣绳那根胶皮卫生带。到了这年月，女兵们的脸皮已经有了一定厚度,过去漫说卫生带,就是胸罩也不好意思赤裸裸晾在屋里,上面总要掩护地搭一块毛巾。刘峰看见那根卫生带,丁丁看见了他看见卫生带的怪样,两人都不约而同想到那次踢腿。丁丁马上出来一句:"不是我的哦!"

这是一句多么蠢的话。一旦蠢话出来了,蠢事就不远了。刘峰笑了一下,笑得有点大,把不该露的牙龈露了出来。于是就浮现出我最早先发现的那一丁点无耻。丁丁觉得这个刘峰跟平时不是一个刘峰,但因为心不在他身上,也就没有细究下去。"萧穗子不在。"她解说这个明摆的现实。

丁丁觉得刘峰那晚不对劲,主要该刘峰那件涤纶衬衫负责。衬衫崭新,雪白,微微透明,以至于蓝色跨栏背心和胸大肌都朦胧可见。那是挺要命的衬衫,不知为什么在那个年代深受基层军官欢迎,似乎司令部政治部的参谋干事人人一件,到了周末脱下统一军服,却又换上这种统一便服。其实刘峰穿战士衬衫挺神气,尤其草绿偏黄那种,束在腰带里,以不变应万变,军人那种不跟老百姓随流的洒脱,一派不屑于经意自己的男人气,那一切都是很为他平淡的相貌帮忙的。而这花了他半个月工资买来的一身,显得过分经意,反而把他自己装扮得又土又俗,让他一步退回了他老家县城,退回了那个梆子剧团,用翻跟头的血汗钱挣出一套自认为是大城市的时髦。

刘峰说,他是来请萧穗子去参观的。参观什么?沙发。到哪里参观沙发？那次萧穗子看见他在打沙发，给炊事班马班长打的，她不相信在马班长结婚前能打好，两人还打了赌，所以他现在来请她去参观，看看谁输了。当时我夹着保密室取来的文件走在回营房的路上，离揭穿他的谎言只差五分钟的路程。可是沙发突然引起了林丁丁的兴趣。

"你还会做沙发呀?!"丁丁的眼睛发出光芒。离开上海，她只在副司令家见过沙发，"那你不请我参观参观?"

林丁丁是会撒娇的。此刻她跟刘峰是撒娇的。刘峰从来没觉得他配接受丁丁的撒娇，于是腼腆而胆怯地问她是不是真想参观。丁丁立刻拿起床上快要钩完的小台布就走。虽然还是同一座军营，但女兵的寒酸家当上已经出现了各种私人装饰，小台布将会盖在丁丁床脚的两个帆布箱子上，连肥皂盒大的半导体也有一个专属的钩花口袋。

林丁丁跟着刘峰穿过昏暗的院子，在正修建的排球场里深一脚浅一脚。这个团体的人隔一阵流行一样事物，这一阵在流行打排球，于是大家做义工修建起排球场来。舞美和道具库房就在未来的排球场那一边。进了门，刘峰拉开灯，丁丁看见一地烟头。"好啊你抽烟！"

女人管男人抽烟之类的事，就是把自己不当外人了。这是丁丁把刘峰往误会里带的重要一步。

刘峰马上辩解，不是他抽的，是炊事班长马超群抽的。马班长看他的沙发一点点成形，看上了瘾，烟瘾便随着也上来了。此刻，他郑重揭开一块做布景的帆布。出现在林丁丁眼前的，是一对墨绿和棕色格子的沙发，庞大拙实，跟她在副司令家坐过的一样庞大、拙实，比那些沙发就稍微好看一点。丁丁的天真无邪此刻百分之百地爆发，她一步跳过去，把身体由高处重重摔进沙发。让她意外的是这沙发如那些首长家的沙发一样，也把她弹了起来。她于是由衷地说："刘峰你太棒了！"几年前，刘峰给她做甜饼，她也这样由衷地夸过他。直到我们这个天府之国经济渐渐好转，西餐馆重新开张，食品店里出现了不凭票购买的糕点，林丁丁才吃腻了刘峰的甜饼。

注意到了吧，刘峰成功地把林丁丁诱进了这个相对封闭的二人空间。舞美库房兼做车间，跟营房相隔一百多米的距离，距离小排练室最近，但也相隔八九十米，最初将它设在这里，就是嫌它吵闹，做布景和道具不是榔头就是电锯，谁都不愿和它挨着。一旦进了这里，关上门，即便林丁丁呼救也未必有人听得见。

丁丁指指旁边的沙发，问刘峰怎么不坐。刘峰说那张沙发是先打出来的，面料绷得不够好，做完第二张有经验了，现在想把那只拆了重绷。丁丁打听到做这对沙发的花费不过三十多元，上海人对合算交易的真实激动涌上来了，她又说了句好听的："刘峰你真棒！"

刘峰有点飘了，试探地笑笑，说以后给她丁丁做的沙发，一定会更好，好很多，一回生二回熟了嘛。丁丁想到万一真到了那一步，必须在摩凡陀和上海牌里抉择，嫁给摄影干事或内科医生，有一对价钱合算的沙发并不是坏事。要知道，那个时代沙发代表一定的社会阶层。她笑嘻嘻地说，真的呀？一言为定哦。丁丁和其他年轻女人一样，跟任何男性相处，只要不讨厌他们，就会来点儿小调情，自认为不会惹出任何后果。但是她此刻在刘峰这里，却惹出了后果。

刘峰说："以后你要什么，我就给你做什么。"

我不知道丁丁是否在此时已经感到了危险。刘峰把那句话当成爱情盟誓，不知丁丁听出多少意味来。也可能一个闪念划过丁丁心里那片混沌：跟一个有着手艺人的聪明和勤劳的男人在一起，合算的事会每天发生。嫁给刘峰这样的人也许本身是件挺合算的事。丁丁在那个封闭空间的逗留不能不说是继续往刘峰的激情里添燃料。接下去刘峰跟丁丁透露了一个秘密：她的入党转正已经通过了，下周末就会宣布。他以为丁丁会惊喜。丁丁的全部反应就是微微一笑，然后说："知道会通过的。"

这倒让刘峰吃了一惊。其实组织上通过林丁丁的预备期并不像丁丁想的那么理所当然。那时候，在我们那伙人里，业务优秀并不给政治进步加分，往往还减分。本分的事做不好没关系，跳群舞溜个边，唱大合唱充个数，都毫不影响你入团入党，只要做忙够了本分之外的事，扫院子喂猪冲厕所,或者"偷偷"把别人的衣服洗干净,"偷偷"给别人的困难老家寄钱,做足这类本分外的事,你就别担心了,你自会出现在组织的视野里,在那视野里越来越近,最后成为特写,定格。丁丁进入组织的视野,不是由于她那音色独特的歌声和她对自己歌声的当真,每天上声乐课以图不断完善这歌声,而是因为她天生自带三分病,她待着什么也不干就已经是"轻伤不下火线"。她不是胃气痛就是浑身过敏,再不就是没来由的发低烧,她那双脚也长得好,一走路就打满血泡。我们急行军夜行军千百里走下来脚掌光溜无恙,她一只脚就能打出十多个血泡。我总也忘不了女兵们在行军后脱下鞋时的失望——怎么就有这么不争气的脚掌,也不比林丁丁少走一步啊,却是一个泡也打不起来!林丁丁的脚在众目睽睽下被卫生员抱在膝头,一针针地穿刺,直至血水横流,十多个血泡上扎着引流用的头发,简直是一对人肉仙人掌。此时丁丁总是对人们摆着软绵绵的手,"不要看我,不要看呀!"人群却包围不散,尤其男兵们,嘴里还不由得咝咝吸气,似乎丁丁已经局部地牺牲了,局部地做了烈士,他们追悼局部的丁丁。

后来我们知道,刘峰为了丁丁通过入党预备期,还是做了些工作的。有些党员说她过分追求个人成功,刘峰反驳说,大学都开始招生了,都有人报考硕士博士了,光红不专的人以后没得混了,党难道不需要一点长本事的人?

在这间关门闭户的舞美车间里，刘峰对丁丁说，她入党了，他从此就放心了。丁丁奇怪地看着他，放什么心？"放心"从哪儿说起？

"我一直在等你。就是想等你入了党再跟你提。怕影响你进步。"

刘峰老老实实地表白，跟雷锋相似的一双眼睛亮起一层水光。他的泪是因为想到自己几年的等待；那等待有多么苦，只有他自己知道。刘峰已经说得够白了，丁丁却还糊涂着，问他："等我？等我干什么呀？"

"就等像咱现在这样啊。"

"这样怎么了？"丁丁偏了一下脸。

刘峰觉得丁丁此刻简直可爱死了，这么无邪无辜，用现在的话说，她真"萌"。

"小林，我一直都喜欢你。"

小林是刘峰一直对丁丁的称呼，年轻党组干部跟群众谈话，称呼是革命队伍里的。

林丁丁听了这句话，还抱有侥幸，喜欢她的人很多，男的女的多的是，到军区军人服务社买牙膏，都会碰上几个中学生，告诉她他们喜欢她，喜欢她的歌。

刘峰走错的一步，是坐在了那个庞大沙发的扶手上。这是他为下一步准备的：伸出臂膀去搂他的小林。可就在他落座的刹那，丁丁跳了起来，大受惊吓地看着他："你要干什么?!"

刘峰一下子乱了。他跟着站起身,扑了一步,把丁丁扑在怀里。

丁丁的挣扎很轻微,但男人知道好女人在这种时刻都会半推半就一下。

刘峰这时候说了错话。他说:"我一直是爱你的。"接下去他咕里咕哝,丁丁大致听清了,他意思说这么多年了,他一直在等她,等她提干,等她入党。

林丁丁突然挣扎得猛烈,并哇地哭出声。假如那次踢腿踢出了卫生纸的大哭是冤无头债无主,不知谁糟蹋了她完好的纯洁,这次她是冤有头债有主。刘峰抱着这个哇哇哭的女子,完全乱了,不知正发生的是什么事,事情的性质是什么。他连掏出那一团糟的手帕都想不起了,展开巴掌就去给丁丁抹泪。根据丁丁后来对我们的描述,我想象力都跟不上了:那该是多滑稽的场面!刘峰一只手紧搂着林丁丁,生怕她跑了,另一只手那么眉毛胡子一把抓地给他心爱的小林抹泪。一边抹,一边暗自惊叹到底是上海女子,这手感!细嫩得呀,就像刚剥出壳的煮鸭蛋,蛋白还没完全煮结实……脸蛋就这样好了,其他部位还了得?手从脸蛋来到她那带柔软胎毛的后脖颈……都是夏天的过错,衣服单薄,刘峰的手干脆从丁丁的衬衣下面开始进攻。

刘峰继续说错话:"小林,我对你是真心的,爱你……"

林丁丁突然破口大喊："救命啊！"

刘峰就像给人打了一棍，进入了半秒钟的休克。丁丁就是那当口从舞美车间跑出去的。跑出去，还在哭。接下去又出现一个荒诞情节，跑出门的丁丁突然又折回，用脚去勾那扇门，似乎要替刘峰把门关上。勾了两下还是关不上那门，只听里面一个声音说："别管了，你走吧。"这个声音之沙哑之无力，似乎发自一个正在咽气的生命。

后来我们问丁丁她为什么用脚去关门。她说她不能用手，用手就会看见刘峰；她不想再看见刘峰。可是为什么要去给他关门，跑了不就完了吗？她糊涂地瞪着眼，摇摇头，又摇摇头。我想她是给吓糊涂了，要把一场惊吓和造成惊吓的人永远关闭在那扇门里。就在她执意用脚替刘峰关门的时候，王老师的儿子跑来了。他是唯一一个隐约听见丁丁呼救的人。这是个十六岁的男孩，跟乐队的钢琴师学琴，此刻刚下钢琴课，走到未来的排球场上。男孩缺的就是一个姐姐，一直把父亲的得意门生林丁丁当亲姐姐。他从排球场循着呼救声而去，正撞上从舞美库房泪奔而来的丁丁，问姐姐怎么了，丁丁跟这么个毛孩子说得清什么，接着泪奔。男孩目送丁丁消失在红楼的走廊门口，转过身，觉得自己有能力破除这悬疑。他很快来到唯一亮灯的库房门口，推开虚掩的门，看到刘峰在拆一个沙发上绷的布料，不像是他让丁丁喊救命的呀。于是他带着更重的悬疑回家了。回到家他跟父母说:"姐姐哭了!"

对王老师来说,林丁丁哭是正常的事。舞台上唱砸了一个音,忘了一个词,她都会跟老师痛哭。倒是师母觉得儿子满脸疑云好生奇怪,问了句丁丁为什么哭。

儿子说不知道,但是好像还听她喊了一声:"救命啊!"

丁丁回到宿舍,我和小郝刚擦了澡。已经熄了灯,我们正摸黑用擦澡的温水抹凉席,听她的呼吸不对,我拉开灯,看见的就是这个刚被人强奸未遂的林丁丁。郝淑雯也看出事情很大,问丁丁怎么这副德性。

丁丁一头栽倒在她自己的床上,大哭起来。

隔壁的人和对门的人都被她哭醒了。我们的门上响起越来越不客气的敲击:"林丁丁,大半夜的,干吗呀?!"我们只好关灯。在我们军营里,一九七七年夏天的熄灯号跟其他所有号音一样,已经没多少人当真了。

丁丁用毛巾毯捂住头。哭声小了,但整个地板都跟着她哽咽,直打颤。等了半小时,她才从毛巾毯下钻出来。小郝拧开她的小台灯,我们的丁丁全走样了,眼泪能把一张脸整容,整那么丑!催问了二十几遍之后,丁丁终于爆破出一声:"……怎么敢?!……"

我们问敢什么。

丁丁说:"他怎么敢?!……"

我们问这个他,是谁?

"他怎么敢爱我!"

再追问几句,她终于把这个"他"揭露出来。我和郝淑雯早就怀疑刘峰爱她,那么多甜饼还不足以证实这怀疑?一听刘峰的名字,我们都笑了,嘻哈着说丁丁你他妈的也太抠了,能让医生和干事爱,就该让各行各业的男人爱嘛!怎么就不能让雷又锋爱一爱呢?假如真雷锋活着,未必就该光棍一辈子?未必人家就只能对你对所有人做好人好事,不允许人家对自己也做件好人好事?他爱上哪个女人,那女人就该为他做件好人好事!丁丁的回答让我们更晕,她说刘峰怎么可以爱她?雷又锋就不应该有这种脏脑筋。小郝从床上跳下来,直直地矗立在丁丁床前,叉着腰,俯视丁丁的脸。

郝淑雯说:"怎么脏了?……"

林丁丁说不出来。

郝淑雯又逼一句:"干事和参谋爱得,人家刘峰就爱不得?"

林丁丁嘟哝说:"他……就爱不得。"

"为啥?"

林丁丁还是说不出来,脸上和眼睛里的表达我多年后试着诠释:受了奇耻大辱的委屈……也不对,好像还有是一种幻灭:你一直以为他是圣人,原来圣人一直惦记你呢!像所有男人一样,惦记的也是那点东西!试想,假如耶稣惦记上你了，或者真雷锋惦记了你好几年，像所有男人那样打你身体的主意，你恐惧不恐惧，恶心不恶心？他干尽好事，占尽美德，一点人间烟火味也没有，结果呢，他突然告诉你，他惦记你好多年了，一直没得手，现在可算得手了！一九七七年那个夏夜我还诠释不出丁丁眼睛里那种复杂和混乱，现在我认为我的诠释基本是准确的。她感到惊怵，幻灭，恶心，辜负……

蠹立在她床前的郝淑雯为刘峰十分地不平，她突然低沉的嗓音里有种威胁："刘峰怎么了？哪点配不上你？"

"跟配得上配不上没关系啊……"丁丁说，"这都满拧了！"她的上海口音说北京话，非常好玩。她要不是想拼死解释自己，不会急出北京话来的。

我也觉满拧。这是个成长了好几年已经长得巨大的误会。丁丁说不好是怎么个误会。我能模糊意识到，可又排列不出语言来。曾经大家认为我思想意识不好，那之后一直没断过人对我的思想意识咬耳朵，可是一般思想意识有问题的人，都是比较复杂敏感的，所以我能意识到林丁丁的委屈和幻灭。

"人家不瘸不瞎的，是矮了点儿，也不难看啊！……"

"没说他难看啊！"

"那你到底嫌他什么？"

丁丁喃喃地说："我什么也不嫌，我嫌得着吗？我敢嫌雷又锋吗?"说着她又啜泣起来,这回真是伤心啊,跟我们这些人有指望讲通吗?

"我看刘峰不比你那个内科大夫差!什么好啊?还带俩孩子……"

"一个孩子!"丁丁辩驳。

"一个孩子你还不一样得当后妈!二十五岁当后妈,就那么幸福?!摄影干事也没什么好,油头滑脑,我看就是个骚花公,结婚不出两年就得花别的女人去!刘峰比他俩强多了!人家刘峰多好啊,你能挑出他哪点不好来吗?!"

丁丁冒出一句:"好你怎么不嫁给他?"

小郝的脸上也出现一种被恶心了的神情,并且为这恶心吃了一惊。雷锋千好万好,跟他接吻恐怕接不了的,会恶心了雷锋,也恶心了她自己。

丁丁又说:"你怎么不劝萧穗子跟刘峰好?"

我油腔滑调:"不能毁我英雄哦。萧穗子这种人,组织不是早就指出,有思想意识问题吗?"

奇怪的是,我也觉得跟刘峰往那方面扯极倒胃口。现在事过多年,我们这帮人都是结婚离婚过来的人了,我才把年轻时的那个夏天夜晚大致想明白。现在我试着来推理一下——

如果雷锋具有一种弗洛伊德推论的"超我人格(Superego)",那么刘峰人格向此进化的每一步,就是脱离了一点正常人格——即弗洛伊德推论的掺兑着"本能(Id)"的"自我(Ego)"。反过来说,一个距离完美人格——"超我"越近,就距离"自我"和"本能"越远,同时可以认为,这个完美人格越是完美,所具有的藏污纳垢的人性就越少。人之所以为人,就是他有着令人憎恨也令人热爱、令人发笑也令人悲悯的人性。并且人性的不可预期、不可靠,以及它的变幻无穷,不乏罪恶,荤腥肉欲,正是魅力所在。相对人性的大荤,那么"超我"却是素净的,可碰上的对方如林丁丁,如我萧穗子,又是食大荤者,无荤不餐,怎么办?郝淑雯之所以跟军二流子"表弟"厮混,而不去眷顾刘峰,正是我的推理的最好证明。刘峰来到人间,就该本本分分做他的模范英雄标兵,一旦他身上出现我们这种人格所具有的发臭的人性,我们反而恐惧了,找不到给他的位置了。因此,刘峰已经成了一种别类。试想我们这群充满淡淡的无耻和肮脏小欲念的女人怎么会去爱一个别类生命?而一个被我们假定成完美人格的别类突然像一个军二流子一样抱住你,你怪丁丁喊"救命"吗?我们由于人性的局限,在心的黑暗潜流里,从来没有相信刘峰是真实的。假如是真实的,像表面表现的那样,那他就不是人。哪个女人会爱"不是人"的人呢?

回到一九七七年吧。丁丁还在"他怎么可以爱我"上纠结没完。郝淑雯问她打算怎么办,她不知道怎么办。小郝警告她,无论怎么办,都不该出卖刘峰。

"你不爱他,是你的权利,他爱你,是他的权利。但你没权利出卖他。这事儿在咱们屋里就到此为止,听见没有?我出卖过别人,后来看到被出卖的人有多惨。"

我顿时对这个分队长充满敬仰和尊重。我没问她出卖过谁。那年头谁不出卖别人?

丁丁答应,绝不出卖刘峰。

到此为止,林丁丁并没有告诉我们,刘峰触摸了她。直到第二天,声乐老师把儿子讲述的情况略作分析,在丁丁的声乐课上查问了她几句,事件才真正爆发。对于丁丁,声乐老师就是代理父亲,可是丁丁就是跟她亲父亲也不会出卖刘峰。王老师是非常宝贝丁丁的,他立刻秘密地找到专管作风的副政委,说他儿子听见丁丁喊救命,并目击了丁丁泪奔,一定是丁丁被人欺负了。副政委和声乐老师一块秘密约谈丁丁。经不住软硬兼施的追问,丁丁最后还是招出了刘峰。王老师倒抽一口冷气后,问是怎么个欺负法?丁丁这回一句都不多招了。

我们这位副政委坚信,"任何一个文艺团体要烂,必定从男女作风上烂起。"他没想到在他眼皮下我们烂得这么彻底,把雷又锋都烂进去了。副政委从刘峰那里获得了大致供词,但他觉得供词一定是大大加以隐瞒的,于是机关保卫干事被请来主持办案。保卫干事不久就断出"触摸事件"始末:林丁丁被诱进库房,然后遭受了刘峰的性袭击。谁能相信? 是刘峰而不是林丁丁吐口了事件中最恶劣的细节:他的手触摸到了林丁丁裸露的脊梁。经过是这样的:他的手开始是无辜的,为丁丁擦泪,渐渐入了邪,从她衬衫的背后插进去……

"摸到什么了?"

"……没有……"

"什么也没摸到?"

刘峰摇摇头,愣着眼。脊梁上能有什么呀? 保卫科的人好像比他还明白。

"再好好想想。"

刘峰只好再好好想,要不怎么办?

"林丁丁可是都说了哦。"保卫干事抽了半包烟后开口,"我们不是想跟你了解细节。细节我们都搞清了。现在就是给你一个机会,自己交代出来。"

刘峰终于想起了,他当时在丁丁脊梁上摸到了什么——丁丁的乳罩纽襻。

保卫科的人问:"是想解开那个纽襻,对吧?"

刘峰愣住了,保卫科的人远比他下流。他不禁惶恐,而且愤怒。

"没有!"刘峰怒吼。

"没有什么?"

"没有你那么下流!"刘峰站了起来。

保卫干事把茶缸猛地砸在桌子上,刘峰满脸茶水。

"老实一点!"

刘峰坐回去。保卫干事要他老老实实反省。

再老实他也无法了解自己的手到底什么意图。他当时脑子里只有热血,没有脑浆,因此只觉得手指尖碰到了一个陌生东西,手指尖自己认识了那东西:哦,女兵的胸罩纽襻原来是这样的。

"你是想解开林丁丁的纽襻,对吧?"

一个小时后,当烟灰缸里有了二十个烟蒂的时候,刘峰给了保卫干事一个非常老实的说法:"我不知道。"

保卫干事看着他,一丝冷笑出来了,自己的手指头要干什么,心里会不知道?

刘峰垂头瞥了一眼自己放在膝盖上的手。第一次发现他的手很难看。有可能的,当时手指头背着他的心,暗打歹主意。但他的心确实不知道。

后来我和郝淑雯问林丁丁,是不是刘峰的手摸到她的胸罩纽襻她才叫救命的。她懵懂一会,摇摇头。她认真地从头到尾把经过回忆了一遍。她甚至不记得刘峰的手到达了那里。他说爱她,就那句话,把她吓死了。是刘峰说几年来他一直爱她,等她,这一系列表白吓坏了她。她其实不是被触摸"强暴"了,而是被刘峰爱她的念头"强暴"了。

这么多年过去,我才觉得我弄明白了一点:林丁丁的身体并不那么反感刘峰,刘峰矫健壮实,一身形状很好的肌肉,假如抽去那个"雷又锋"概念,她的身体是不排斥他的,因为年轻的身体本身天真蒙昧,贪吃,也贪玩,身体在惊讶中本能地享受了那触摸。她绕不过去的是那个概念:雷又锋怎么从画像上从大理石雕塑基座上下来了?! 还敢爱我?!

接下去就开始了公开批判。也就那么几个手段,大会小会上念检讨,大家再对检讨吹毛求疵,直到刘峰把自己说得不成人样。这个不久前还在北京的全军标兵大会上被总政治部首长戴上军功章的雷又锋,此刻在我们面前低着头,个头又缩了两厘米。我坐在第二排马扎上,却看不见刘峰的脸,他的脸藏在军帽的阴影里,只见一颗颗大粒的水珠直接从军帽下滴落到地上,不知是泪还是汗。开始我们没几个人发言,都想不出坏话来讲刘峰,刘峰毕竟有恩于我们大多数人啊。但不知谁开了个头,把所有人的坏话都引发了。我们的孩提时代和青春时代都是讲人坏话的大时代。"讲坏话"被大大地正义化,甚至荣耀化了。谁谁敢于背叛反动老子,谁谁敢于罢领导的官,谁谁"舍得一身剐,敢把皇帝拉下马",都是从讲坏话开始。我父亲在水坝上扛活六七年,从听别人讲他坏话,到自己讲自己坏话,再到他重获讲别人坏话的资格,什么能再洗去他的卑鄙换回他最初的纯真？大半个世纪到处都在讲人坏话,背地的,公开的,我们就这样成长和世故起来。最难听的坏话是刘峰自己说出来的,他说他表面上学雷锋,内心是个资产阶级的茅坑,臭得招苍蝇,脏得生蛆。讲到如此无以复加的地步,别人当然就放了他了。

不久处置刘峰的文件下来了:党内严重警告,下放伐木连当兵。下放去伐木,跟我爸爸修水坝是一个意思。

中越边境冲突起来,听说刘峰已经调回他过去的老连队:野战军的一个工兵营。一九八○年夏天我在成都的马路上碰到他。他一定是先看到我的,但不愿意招呼我,转身站在一个卖油淋鸭的摊位边。因为等着买鸭子的人多,他想混入人群,错过我。但是我没让他错过,扬起嗓子叫了他一声。

他假装寻找声音来源,目光尽往远处投。这个表演比较拙劣,因为一大街的人就我俩穿军装。下面就是我的表演了,也不高明。我热情过火地冲了一步,手伸了老长,不由分说握住他的右手。我也表演,我演的是多么彻底地忘却了他最不堪的那次公审:汗水泪水从军帽下滴落一地。我的表演还想告诉他,就算没忘记那一幕,现在谁还会计较?摸摸脊梁怎么了?脊梁是全身最中性的部位了吧?战场都上过的人,性命都差点让摸掉了,还吝惜脊梁?!

就在碰到他手的刹那，我明白了，那手是假肢。那只曾经摸过丁丁脊梁的手，被丢在了战场上。

我跟他就在街边站着说话。我们不经意地谈着上前线的事。我们不说"上前线"，只说"上去"；我们各自是哪月哪天"上去"的。我告诉他我其实不算"上去"了，最远"上"到包扎所采访伤员。他问我去的是哪个包扎所，我说就是何小曼的那个三所，但是没见到小曼，因为她跟医疗队上第一线了。刘峰此刻说，可见当时医护人员太欠缺，连何小曼这样瘦小的女兵都上前线了。我说小曼是五份申请书把她自己送上前线的。刘峰摇摇头，说要是人员足够的话，十份申请书也不会让她上去。全是吃了那个亏，没人救护，何小曼的丈夫才牺牲的。我突然看着他。他似乎看破了什么。他明白我为什么这么看他。他笑了一下。真的是看破了许多、许多。也许他身边倒下半个排的战友那一瞬，他就看破了。还也许更早，早到我们大说他坏话的时候；他耗费一夏天为马班长打沙发也没能让马班长闭上说他坏话的嘴，从那时候，他就看破了。还可能更早一点，早到林丁丁叫救命的时候。

"你还不知道吧？何小曼病了。"

"什么病？"

"说是精神分裂症。"

我问是不是因为她丈夫的牺牲。

　　刘峰说何小曼被送到他们医院精神科的时候,还不知道她丈夫牺牲了。

　　"那她怎么了? 怎么就分裂了呢?"

　　刘峰说他也不太清楚。只听说她背着一个伤员背了十几里地,成了英雄事迹主人公,戴着大红花到处做报告。她是戴着大红花给送进精神科的。我跟刘峰在大街上分手之后,我手心一直留着抓握假肢的感觉。大夏天里,那种冷的、硬的、廉价的胶皮感觉留在我的手上,在我掌心上留了一块灼伤。

　　我不止一次地写何小曼这个人物,但从来没有写好过。这一次我也不知道是不是能写好她。我再给自己一次机会吧。我照例给起个新名字,叫她何小曼。小曼,小曼,我在电脑键盘上敲了这个名字,才敲到第二遍,电脑就记住了。反正她叫什么不重要。给她这个名字,是我在设想她的家庭,她的父母,她那样的家庭背景会给她取什么样的名字。什么样的家庭呢? 父亲是个文人,做过画报社编辑,写点散文编点剧本,没怎么大成名。她的母亲呢,长相是好看的,剧团里打扬琴弹古筝,像所有可爱女人有着一点儿恰到好处的俗,也像她们一样略缺一点儿脑筋,因而过日常生活和政治生活都绝对随大流。我能想象在小曼的母亲跟她父亲闹离婚前,那个家庭是温情的,小布尔乔亚的。我也完全可以想象,善良软弱的文人父亲会给小曼取这样一个名字。何小曼很有可能向着一个心智正常、不讨人嫌的女孩成长,假如没有那场人人讲别人坏话的大运动,叫作"反右倾"。像所有软弱善良的人一样,小曼的父亲是那种莫名地对所有人怀一点儿歉意的人,隐约感觉他欠着所有人一点儿情分。人们让他当"右倾",似乎就因为他比任何人都好说话,常常漫不经意地吃亏,于是人们就想,何妨把"右倾"的亏也让他吃了。到了何小曼的母亲都开始讲他坏话,提出离婚的时候,他不再觉得心里苦,他反倒觉得解脱了。睡前吃安眠药,他心里一亮,看到了终极的出路。这天早上妻子去上班了,他牵着女儿的手,送她去托儿所。家门外不远,是个早点铺子,炸油条和烤大饼以及沸腾的豆浆,那丰盛气味在饥荒年代显得格外美,一条小街的人都以嗅觉揩油。一出家门小曼就说,好想好想吃一根油条。四岁的小曼是知道的,父亲对所有人都好说话,何况对她?父女俩单独在一块的时候,从感情上到物质上她都可以敲诈父亲一笔。然而这天父亲身上连一根油条的钱都没有。他跟早点铺掌柜说,赊一根油条给孩子吃吧,一会儿就把钱送来。爸爸蹲在女儿面前,享受着女儿的咀嚼,吞咽,声音动作都大了点,胃口真好,也替父亲解馋了。吃完,父亲用他折得四方的花格手绢替女儿擦嘴,擦手;手是一根手指一根手指地替她擦。擦一根手指,父女俩就对视着笑一下。那是小曼

63

记得的父亲的最后容貌。

我推想小曼的父亲从幼儿园回家的路上，早点铺的生意已经淡了，豆浆的热气正在散去。父亲对掌柜的说，这就回家取钱送来。那时的人都还质朴善良，掌柜的打了个哈哈说，急啥？父亲回到家之后，打开他和妻子共同存放日常用项的抽屉，一个镚子也没有。渐渐地，他从漫不经意的寻找，变成了绝望的翻箱倒柜，家被他翻了个底朝上，居然找不到一根议价油条的钱。妻子在他降薪之后对他冷笑：他还有脸花钱？他就领回这点薪水，没他花钱的份儿，只有养老婆女儿的份儿。他在社会上的正常生活权利被剥夺了，在家里的正常生活权利也被剥夺了，是被他最爱的人剥夺的。他连门也出不去，因为一出门就要碰上那个轻信了他的早点铺掌柜。他一辈子最怕的就是欠人情，因为他来到这世上就已经亏欠了所有人。他被那个念头点亮过一瞬，此刻那念头在他灵魂里燎原了。

他拿起那个药瓶，整个人豁然大亮。妻子造成了他彻底的赤贫，肉体的，精神的，尊严的，他贫穷到在一个油条铺掌柜面前都抬不起头来。这证明妻子舍得他了。最终他要的就是妻子能舍得他，舍得了，她心里最后的苦也就淡了。

何小曼不记得父亲的死。只记得那天她是幼儿园剩下的最后一个孩子，所有小朋友都被家长接走了，她是唯一坐在一圈空椅子当中的孩子。老师似乎也知情了，沉默地打着毛线,陪她等待某件事发生。但那天什么事也没对她发生。于是父亲的自杀在她印象里就是幼儿园的一圈空椅子和渐渐黑下来的天色,以及在午睡室里睡的那一夜,还有老师困倦的手在她背上拍哄。

加上炸油条老掌柜笑眯眯的提醒:"小妹妹,你爸昨天说送钱来的呢!"

小曼后来上幼儿园都是出了家门口就穿过小街,走在对面的人行道上,避免从早点铺门口经过。不是因为仍然赊着老掌柜的账;油条钱母亲还了,只是她不愿再听老掌柜叫她"小妹妹"。

现在我来设想一下,何小曼第二个家是什么样。我是指她母亲和她继父成立的那个家。母亲凭她残余的华年,给何小曼找了一个老粗父亲。第一个丈夫的儒雅智慧注定了他的善良软弱,而正是前夫的可爱之处使她找到一个完全相反的男人,一个南下老干部。母亲对这个比她大十多岁的丈夫是赔着小心的,畏罪自杀的前夫是她和女儿的历史污点,因此她们是矮人一头地进了老干部的家。六岁的女儿历史污点更大,因为这污点始于她出生之前,始于她"右倾"父亲往她母亲体内注入他全部人格密码的夜晚,她的生命由此不可逆转流淌着父亲的命运走向。母亲如何微妙地赔小心,小曼很快仿效过来。母亲把全家饭桌上的"好菜"——最厚的一块大排骨或者最宽的几段带鱼小心翼翼地拣出，放在继父的饭盒里，做他第二天的午饭，她自己再是口水倒灌也只吃母亲拣到她碗里的菜。她看着母亲在继父裤袋里装入熨烫平整的手帕，在他皮夹里装上零钱和整钱。她还看着母亲为继父剥螃蟹壳、挑鲫鱼刺，而那些都是小曼亲生父亲为她母亲做的。母亲还教会老粗下围棋，听越剧，跳华尔兹，以及用卖破烂的钱收藏古董，总之以她前夫给她的教养去教化现任丈夫。小曼眼看老粗在母亲手里一点点细气起来。母亲赔着小心教养她的老粗丈夫，聪明使尽，让他不自觉地进入了她前夫曾带她进入的都市文明。

我想何小曼的继父并没有伤过她。甚至我不能确定她母亲伤过她。是她母亲为维护那样一个家庭格局而必须行使的一套政治和心术伤害了她。也不能叫伤害，她明明没有感到过伤痛啊。但她母亲那无处不用的心眼，在营造和睦家庭所付的艰苦，甚至她母亲对爱妻和慈母身份的起劲扮演，是那一切使小曼渐渐变形的。小曼一直相信，母亲为了女儿能有个优越的生活环境而牺牲了自己，是母亲的牺牲使她变了形。她常常偷听母亲是怎样"牺牲"的，夜晚紧闭的大睡房门外，她赤脚站在黑暗里，从房内的每一丝响动估价母亲牺牲的惨烈度。

我想我还是没有把这样一家人写活。让我再试试——

何小曼跟着母亲嫁到上海安福路之后，弄堂里的女人们不知道这个又瘦又小的六岁女孩叫小曼，都叫她"拖油瓶"。在里弄里择菜剥豆的她们看着何厅长的轿车开到弄堂口,车里下来一个年轻女人和四五个箱子,箱子都下完后,大家以为嫁妆就这些了,女人却又探身到车里,拽下一个小人儿来。何厅长娶亲,一条弄堂都是知道的,但女方还带了件活嫁妆来,大家就为厅长抱屈,认为厅长不大合算了。人们不知道的是何厅长在太行山老区还有个家,大军解放了上海之后,他又给自己成了个家,娶了个上海入伍的看护。女看护跟他参加了抗美援朝,已经怀孕的她牺牲在朝鲜土地上。何厅长那天同时失去了新媳妇和儿子,也失去了还没有过热的新生活。战争尾声中他负了伤,得到转业机会,他坚决转业上海。他那个还没有处熟的新媳妇,就是他在战上海时娶进门的。找一个上海女人对于何厅长,含有在哪里失去就在哪里夺回的意义。何厅长随着大军征服上海之后,渐渐感到这征服并没有落实,娶上海女人是他持久永恒地征服上海,是把征服落到实处。用我们当下的话来说,打下上海这座城只是取得了硬件,而把上海女人娶到家里才是掌握软件。可是等他从抗美援朝战场回来,上海姑娘跟解放大军的婚恋大联欢已经散会,上海姑娘从最初的崇拜热昏中醒过来。他当上了建筑厅厅长之后,暗中指定人事处长做媒人,先把本单位的单身女人梳理一遍。两年过去,媒人在女制图员,女统计员,女土木专家那里都软软地碰了壁。上海姑娘们对一个三十多岁,一婚再婚,呼出大葱味儿的老革命没有感觉，也看不出合算来。厅长几年鳏居，家不成家，年纪长上来，头发少下去，于是厅长跟媒人更改了指示，黄花闺女拉倒了吧，给他对付个"二锅头"就行，但一定要上海女人。媒人问要先拿小照看不，他摇摇手，上海女人，会丑到哪里去？小曼的母亲就这样给推到了何厅长面前。梳一对大辫子的小曼母亲相貌是超标的，并且那对大辫子给她的年龄也造了个骗局。

那年小曼的母亲二十八岁，弄堂里都说她看着也就二十二岁。在邻居眼里，这对娘儿俩就是大小一对无壳蜗牛，爬进弄堂，爬进何厅长的屋里，在何厅长坚实的硬壳里寄生。

小曼的继父以为自己征服了小曼母亲，不费一枪一弹，征服在战前就完成了。他从未意识到，小曼母亲对于他的征服正是从他拿下她后开始的，从她低声下气进入那套大房子开始的。母亲的低声下气给女儿做了行为和姿态的楷模。母亲都寄人篱下了，拖油瓶更要识相。何家保姆是太行山老区的妇救会员，厅长的远房侄女，一盘水饺端上桌，破了皮儿露了馅儿的饺子，必定堆放在小曼面前。小曼的筷子绕过破的直取好的，保姆的眼睛就会看看厅长，意思是，看看这个拖油瓶，还挺把自己当个人，上你这做大小姐来了！小曼母亲此刻便会动作极大地将露馅饺子分出两份，一份夹到自己碗里，一份夹到女儿碗里。保姆你挑剔不出她什么,人家等级观念森严,自己知道地位在哪里,饺子若有剩的她会吃几个,没剩的她就用饺子汤下面疙瘩。假如小曼为吃烂饺子沉下小脸,母亲会泪汪汪地在她床边坐一会儿,喃喃几句:"要不是为了你有个好环境,我会嫁给他吗?"或者:"勿好忘本哦,没有他你连破饺子都没吃的……"这个"他"是母女俩在私下里对何厅长的尊称。最厉害的是:"你还嫌姆妈不够难,是吧? 还要跟他们作对为难我,是吧?!"每说到这一层,小曼就不行了,一把抱住妈妈,嘴巴喉咙被呜咽塞满,但心里都是誓言:我会更懂事的,我绝不会再让妈妈为难的。

小曼的日子在弟弟妹妹出生前还是能过的。弟弟是母亲带她住进何家的第二年年底来的。弟弟是怎么来的小曼似乎都明白。一天夜里她在大睡房门外听见那张大床的弹簧嘎吱了一个小时。一般只要门里一安静,她就马上钻回自己小房间。因为她知道母亲很快会出来,到马桶间去洗。母亲很讲卫生,她卫生了之后,会端盆热水,伺候继父卫生。可是那天夜里,出来的是继父,他在马桶间里卫生完,走到小曼房门外,敲了两下门。她不作声,继父说:"才几岁就干上特务了? 偷听偷看的! 我跟你妈是两口子,听见啥你跟谁告密去?"

她当时站立的位置跟继父仅隔一扇门。她的哆嗦都传导给门了,因此继父应该看得见七岁的她哆嗦成什么样了。母亲也在门外说话了。母亲声音是柔的："曼曼呀，你不会做这种事的对吧？不会偷听的，对吗？就是去上了一趟马桶，对吧？"

继父火了，"我会听错？我干侦察的时候，你们在哪儿呢？这小丫头一天到晚偷听！"

母亲说："曼曼你出来，告诉他你会偷听吗？"

继父也说："出来！"

小曼的脊背顶住门，一声不吭。等那两口子的骨缝里都是料峭春寒了，才放了她，回大睡房去了。他们回去很久了，小曼还站在原地，脊背和门扉，不知谁更冰冷。第二天没人提这事，一场高烧救了小曼。母亲跟单位请了假，全职做女儿的看护，一条小毛巾沾了水，在她烧焦的嘴唇上轻拭。她嘴唇上的燎泡破了，干了，舌尖触上去像舔着了掉渣的酥皮点心。

她的高烧持续七天，什么针剂丹丸都不见疗效。每次睁开眼，都看见母亲的脸。那脸在三天后小了，尖了。高烧来得猛，去得也猛，第八天她就浑身冰凉了。母亲紧紧搂住她，母亲少女一样苗条的身体搂得她那么紧，后来小曼知道那时她跟才是一根肉芽的弟弟都在母亲怀里，只是隔着母亲一层肚皮；由于孕育而附着一层薄薄脂肪的肚皮。

我想，那是小曼的母亲最后一次紧紧抱她。小曼跟母亲这种无间的肌肤之亲在弟弟出生后就将彻底断绝。那个拥抱持续很久,似乎母亲比她更抱得垂死,似乎要把她揉入腹内,重新孕育她一回,重新分娩她一回,让她在这个家里有个新名分,让她重新生长一回,去除她拖油瓶的识相谦卑,去除她当拖油瓶的重要和次要的毛病,在这个上海新主人的家里长成一个真正的大小姐。可以想象,小曼一生都会回味母亲那长达两三个小时的拥抱,她和母亲两具身体拼对得那么天衣无缝。她也让自己成了个放大的胎儿,在母亲体外被孕育着!

继父推开门,母亲不情愿地松开女儿,懒洋洋地趿拉着鞋向门口走去。她听见母亲和继父小声地对话。继父问母亲一个礼拜都睡在这里,什么意思。母亲说方便照顾孩子嘛。继父又说,今晚回去睡。母亲不作声。小曼竖着耳朵听母亲和继父一声不响地干架。母亲又开口了,为女儿这场离奇的高烧找原因,说孩子活活给吓病了。那是她很少看见的在继父面前挺直脊梁的母亲。

那之后九个月,弟弟来了。弟弟长到三岁,一半在小曼的背上度过。她爱驮弟弟,因为她爱看她驮弟弟时母亲的微笑。其实,小曼驮弟弟时,继父也是微笑的。倒是保姆常常亮出大嗓门,喊她快放下大胖小子吧,她本来小个儿,再驮个胖弟弟更不长个儿了。就那样,小曼把后来作弄她欺负她的弟弟驮大了。弟弟来了之后,妹妹也跟着来了。妹妹简直就是继父的女版和童版,大眉毛大鼻子,个头也大得出奇,粉红脸色就像把继父的皮肤直接抻到她脸上。后来听刻薄邻居说,那叫猪肺脸色。弟弟和妹妹很快显出了北方人种的优势,祖祖辈辈吃高粱小米苞谷的血缘,一旦有了鱼肉蛋奶的辅助,马上被优化。小曼很快驮不动他们了,他们三四岁骨骼先就搭建出未来身高体格的框架。弟弟四岁大听见弄堂里对他这个姐姐的称呼"拖油瓶"。五岁的一天,弟弟宣布,拖油瓶姐姐是天底下最讨厌的人。随即又宣布,从头到脚拖油瓶没有一个不讨厌的地方。小曼对弟弟的宣布不惊讶,某种程度上她是同意弟弟的,也觉得自己讨厌。她深知自己有许多讨厌的习惯,比如只要厨房没人就拿吃的,动作比贼还快,没吃的挖一勺白糖或一勺猪油塞进嘴里也好。有时母亲给她夹一块红烧肉,她会马上将它杵到碗底,用米饭盖住,等大家吃完离开,她再把肉挖出来一点点地啃。在人前吃那块肉似乎不安全,也不如人后吃着香,完全放松吃相。保姆说小曼就像她村里的狗,找到一块骨头不易,舍不得一下啃了,怕别的狗跟它抢,就挖个坑把骨头埋起来,往上撒泡尿,谁也不跟它抢的时候再刨出来,笃笃定定地啃。弟弟最受不了这位拖油瓶姐姐的是这一点:当你挖鼻孔挖得正酣畅的时候,自以为处在私密状态,却突然发现拖油瓶在看你,并且已经看了你很久。还有的时候,一个饱嗝上来,你由下至上地冒泡贯通,却发现拖油瓶一道目光过来,黑色闪电一般,让你怀疑她早就在埋伏阻击这个饱嗝。那时弟弟的单词量成语量大大增加，一语道破拖油瓶姐姐"贼眉鼠眼"。弟弟身高赶上小曼那年，小曼偷偷穿了一件母亲的绒线衫去学校的文艺宣传队跳舞，晚上回到家，弟弟妹妹在餐桌上便开始了对口相声，弟弟说："喏，屋里厢做老鼠，外面轧台型！"妹妹说："老鼠着件红绒线衫，台型轧足！""老鼠眼睛涂得墨彻黑，穷放光了！""脚踢到天上去了，老面皮！""红绒线衫一穿，老鼠变人了！""偷得来的吧？姆妈侬阿是有一件红绒线衫？"

母亲说她哪里有红绒线衫，他俩一定记错了。

弟弟立刻冲下楼，冲进亭子间。弟弟妹妹出生后，小曼就换到朝北的亭子间住了。保姆从亭子间搬了家，此刻住露台和三楼之间的六平方米储物室，比较方便她管理露台饲养场，那里养了五只鸡两只鸭。弟弟从亭子间回来空着手，没有搜出成果。

妹妹叫起来："姆妈，就是那件呀！有条黑领边，两个黑绒球的！"

继父一面看报纸一面吃母亲给他挑出的田螺肉，对着报纸皱皱眉头。

母亲想起来了，说："哦，那件啊。那件是要送给姐姐穿的。大姐洗坏了，有点小了。"

老区来的保姆被母亲尊称为大姐。大姐一听不干了："我洗坏啥了?！你那毛衣让虫蛀出好些洞眼子，对着太阳你看看,跟笊篱似的!"

　　母亲说:"是啊,虫蛀得一塌糊涂。我一直想补补给小曼穿的。"

　　这话听上去合情理。家里的次货旧货在去废品收购站垃圾箱之前,有个中转站,就是小曼那儿。有次保姆炖鸡汤忘了摘掉鸡嗉子,鸡在挨宰前吃撑了,嗉子里正被消化的米粒儿煮熟,胀破了嗉子。等保姆闻到鸡汤馊味的时候,那些被鸡的胃酸泡过的生米已经煮成了熟饭。保姆不知怎样善后,等女主人从越剧团下班回来处理。女主人说,倒了吧。男主人来自革命老区,说,汤倒了,鸡洗一洗还可以吃嘛。所有人——除了小曼,都说,谁吃啊,恶心还来不及。保姆说,恶心什么?洗洗干净,放点儿酱油,给小曼吃。

　　所以母亲说要把虫蛀的毛衣给小曼穿,时局暂时太平了。

　　晚上母亲来到小曼的亭子间,劈头就问:"我的绒线衫呢?"

　　小曼不作声。

　　母亲开始翻抽屉,柜子,箱子。这个女儿没几件好东西,多数衣服是母亲自己的,改改弄弄就到了女儿身上。因此弄堂里的人看到的拖油瓶常常是古怪的,老气的,外套小腰身,但比例错了,本来该收腰的地方,收在了胯上,垫肩本该在肩膀,却落在大臂上。母亲一点响动都没有地在小曼屋里抄家,最后毫无斩获。

"我的绒线衫呢?!"

小曼不吭声,死猪不怕开水烫。

"我晓得你喜欢它。等你再长大一点,姆妈会给你穿的。你长大了,那绒线衫姆妈就穿不出了,穿了也要给'他'讲话了。现在你穿它嫌大的,对不对?"

小曼摇摇头。大是大,不过现在就拿过来,可以确保拥有权。就像她把红烧肉埋进米饭,狗把骨头埋进泥土。

"那件绒线衫我现在还要穿呢!我一共几件绒线衫,你晓得的!"

母亲凶恶起来,脚尖踢踢她的脚。小曼认为面对自己这样一个讨厌人,母亲太客气了。

"你偷我东西,没同你算账,现在你是要活抢,对吧?!"

……

"小死人!小棺材!听到吗?拿出来呀!"母亲上手,食指拇指合拢在她耳朵上。她被母亲从床沿拎起,耳朵着火了一样。母亲另一只手在她背上捆了一记。她心想,打得好,再打呀,每捆一记她都挣下一部分红毛衣,最后红毛衣就是她挣来的。可是母亲就捆了一记,她的手心一定比她的背更酥麻。

母亲开始拎着她向亭子间门口走,一面低声说:"你要'他'请你去谈话吗?"

继父单位里的人最怕的就是被厅长请去"谈话"。家里人也最怕"他"请你去谈话。小曼赶紧撩起身上的外套，下面就是那件红绒线衫。她慢吞吞脱下外套，再撩起绒线衫底边，从下往上脱，疼得也跟蜕皮一样。她的头最后钻出红毛衣，母亲发现女儿哭了。

母亲认为这个女儿最讨厌的地方就是不哭。不哭的女孩怎么会正常？现在她却哭了。母亲鼻头眼圈也跟着发红，替拖油瓶女儿擦了擦泪，捋平她因为脱毛衣蓬起的头发，嘴里保证，等她长大一定把它送给她。

三年后，小曼奔着红毛衣长大了，但红毛衣穿到了妹妹身上。母亲的说辞是，妹妹皮肤白，小曼黑，穿红色乡里乡气。母亲不愿说主是继父做的，她怕在拖油瓶女儿和继父之间弄出深仇大恨来，自己担当了。母亲一副"你还嫌我不够难，还要往死里为难我"的样子。小曼什么也不说，撇下已经为难得奄奄一息的母亲，回亭子间去了。第二天她在妹妹的衣橱里找到那件红毛衣，对着太阳光看，尽管被虫蛀成了笊篱，可还红得那么好，红色微微晕在周围空气里。死去的父亲跟母亲结婚时，在一家毛衣作坊给母亲定制了这件婚服。母亲穿扮得越发年少，他似乎满足的就是把一个小娃娃般的新娘抱进洞房。父亲在天有灵的话，知道红毛衣没他亲女儿的份儿，而去把别人的女儿穿扮成了洋娃娃，一定会在天上伤心的。因为父亲遗传的微黑皮肤，她不配穿红色。红毛衣就要属于白胖的妹妹。她拆开袖口线头，袖子很快被她拆掉。不一会她就成了个拆线机器，按照她心里一句咒语的节奏运行："让你白！让你白！让你白！"

一个晚上，她把红毛衣变成了一堆弯弯曲曲的线头。染色当夜进行。她白天就在弄堂里看好一个铝盆，盆扔在一个邻居家门口，等废品站来收。盆原先的功用已经作废，因为把它当十多年卫生间的老猫死了。她把铝盆放在煤气灶上，煮了一盆水。水沸腾时，蚀入铝质的猫厕所气味淡淡地升腾。她往沸水里投了一包黑染料，用一根木棍搅动一锅黑水，再把一堆红色线头投进黑水的漩涡。满心还是同样咒语："让你白！让你白！让你白！"她和着咒语的节奏，看红色被咕嘟嘟黑水淹没，眼看着就黑透了。

红毛衣所有的历史和秘密被碎尸灭迹了。

第二天早晨，谁都不知道晾晒在弄堂那根公共晒衣绳上的黑色细绒线是谁家的。至于铝盆，早已被扔进了弄堂外大马路上的垃圾箱。小曼第二天夜里将黑绒线收回，套在膝盖上独自绕毛线，断头都被仔细接上，结果绕出几大团挺体面的新绒线。她到区图书馆借来编织杂志，夜深人静时分编织。直到春天又至，妹妹要换装了，大叫红绒线衣失踪了。小曼自然成了头号嫌疑人，可是没人能逼出一句供词。母亲到学校打听，到小曼所在的文艺演出小分队打听，没人见过她穿那件红衣裳。

秋天的一个夜晚,小曼织完最后一针,把所有怀疑猜想的线索都收了头。第二天早晨,她梳洗之后,换上了新毛衣,它黑得可真透,宇宙黑洞不过如此。她的亲父亲,母亲,和她小曼,他们共有而不再的曾经,全被埋进黑色。黑色,最丰富,最复杂,最宽容的颜色,它容纳了最冷和最暖色谱,由此把一切色彩推向极致。黑绒线衫,裤腿宽大的假军裤,一头野头发用了几十个发夹别规整,小曼走到弄堂里,人们悄声议论:"拖油瓶怎么了? 一夜之间成美人了!""美人?赖三!①"

母亲是唯一一个看穿黑色如何藏污纳垢的。早上她看见小曼苗条到妖冶的背影,没动声色。

像所有中学一样,小曼的学校也是"复课闹革命",闹革命为主,复课是没有正经课上的。每天下午学校文艺小分队排练,母亲在礼堂找到了穿着黑毛衣踢腿下腰的小曼。母亲盯着黑毛衣,看出红毛衣碎尸灭迹案的整个过程来。凑近了,能看出黑毛衣里藏了许多断头。被虫蛀成的洞眼,拆成线就断开来,要耗费多大功夫去接啊,女儿简直能去纺织厂做挡车工了。那么美一件红衣裳,就葬在这黑色里,以这鬼气的黑色还了魂。还看出什么了? 那两个系在领口的绒球去了哪里? 母亲揪住黑毛衣的领口,伸手进去掏,绒球

---

① 上海话,女阿飞。

充当了女儿永远欠缺的那一截青春发育。

"要面孔吗？"母亲看着两个绒球。

小曼不吱声。

母亲抬手给了女儿两个耳光。

当天夜里小曼在浴盆里放了半盆冷水，把自己泡进去。江南三月，夜里的冷水还是足够冰冷，足够泡出一场高烧来。十年前，就是一场高烧让母亲长久地抱了她。一场高烧让母亲还原成她一个人的亲妈。十年里她也太不争气，一次像样的烧都没发过。她在冷水里泡了足足一小时，自身的三十六度五把半盆冷水都泡温热了，浑身冷得发僵，僵硬得正称心，上下牙哒哒哒哒地敲木鱼，响得能供戏台上的小旦跑圆场。好了，泡到火候了，她欣喜如愿地把自己从浴盆里打捞上来。

天快亮她都是冰冷的。烧就是不发，什么病也不生。第二天夜里接着泡，还是一夜冰凉。她这么积极主动地找病，可病怎么就是不来找她呢？第三天早晨她决定"生病"，不起床了。第一个来探望的是保姆。保姆是来找她去排队给继父买早点的。保姆离开后，母亲慌慌张张地来了，腮帮上带一道枕套上的绣花压出的深痕。她伸出此刻显得无比柔软的手，触摸一下小曼的额，又摸了一下自己，浑身一抖：不对呀！怎么比活人凉那么多?！她撩开被，柔软的手在女儿身上轻轻搓揉。这不是揥她耳光的手，是她抚弄琴弦的手。母亲再次惊骇了:太不对了,活人的身体怎么是这个温度?!她干脆钻进被窝,抱住女儿,抱得像上回那样紧……不,更紧。女儿是脸朝墙壁躺着的,身量比她高半头的母亲从她身后抱住她,抱得太紧了,血液的热度隔着两层皮肤融进她的血液。她觉得自己被抱小了,越来越小,小得可以被重新装入母亲的身体,装入她的子宫,在那里回回炉,再出来时她就有了跟弟弟妹妹们一样的名分。

母亲什么也没说。要说的太复杂了,怎么说得清?这娘儿俩之间该有她们自己的语言才能讲得清;她们自己的语言,对于任何其他人都是密码。就从那一刻,小曼意识到,这家里还有比她更变形的,就是母亲。母亲的变形必须随时发生,在不同的亲人面前要拿出不同形状。能够想象,每变一次形,都不无疼痛,不无创伤。正是意识到这一点,小曼决定离开家。

这一天是何小曼新的开始,她要寻找走出家庭的道路。

你知道一九七三年的上海吗?到处是全国各种部队文艺团体的招生点。因为前年林彪事件,部队停止招兵一年。何小曼的名字出现在每一个考生登记簿上。她不屈不挠,把学校文艺小分队练出的那点本事超常发挥,在走出第十一个招生办时,背后响起一声呼唤:"小鬼,等一等……"

何小曼回过头,万一叫的是她呢?叫的还真是她。我想象小曼当时怎样把她浑身最优越的眼睛利用到极致,让眼睛做两盏灯照亮她平庸的五官。那时部队首长都管我们叫小鬼。"你是姓何吧？"

招生的"首长"一边看着登记簿，一边朝她招手。这个"首长"就是郝淑雯。虽然郝淑雯比她叫的"小鬼"只大一岁，却已经透出首长式的威严和慈祥。我记得小郝参加了那次接兵任务，专门给考生示范舞蹈动作，测验考生的模仿能力和舞蹈感觉。小曼的模仿能力很强，几年的学校演出也让她长了表演经验，加上当时各种舞蹈舞剧里都有那么个小战士，来两段特技，被人托举托举，我们正缺少个头小小、会翻跟头的女孩。何小曼会翻不少种类的跟头，我们认为这跟她不怕死，不惜痛有关，反正也没人疼，摔坏拉倒。我后来对她认识深了，有一天突然一悟：她潜意识里有求死之心。对此她肯定毫无知觉，但从她热爱生病，热爱伤痛，热爱危险来看，我觉得我也许比她自己更懂得她。

郝淑雯叫住小曼，小曼转身向她走去。这是她命里最重大的转折之一。她看着面前高大美艳的北方女兵，动都动不了。郝淑雯当年走在马路上，中学生们会追好几个电车站，跟今天他们追歌星明星一样。

郝淑雯也动不了，被何小曼的眼睛钉在那儿。这小鬼生了一双怎样的眼睛啊——平时躲着你，不看你，一旦看你就带有吓人的凝聚力！郝淑雯让何小曼写下家里地址，假如需要她复试，会往她家里发通知。必须要提到的是何小曼那天的装束,她穿的就是那件结头累累的黑毛衣,紧绷绷的在她一根木棒似的身体上箍出了曲线。小曼在登记簿上写的是演出小分队辅导员家的地址。父亲死后,只有这个辅导员得到过小曼的全部信任。她留了一手,万一招生办的"首长"走访,辅导员不会讲何小曼坏话。

三天后,小曼收到了复试通知。这次她是把命都拿出来复试的。平时没练成熟的跟头也亮出来了,一个前空翻没站稳,整个人向后砸去,后脑勺都没幸免。当时所有人都惊叫起来,认为她一定摔出了三长两短,但她一骨碌跳起来,用疼歪了的脸跟大家笑了。正是这个歪脸的笑,彻底感动了招生第一首长,舞蹈教员杨老师。对于死都不怕疼更不怕的女孩,还有什么可怕的吗?他在她身上已经看到了未来各个舞蹈中的"小战士"。

这样,何小曼不可逆转地就要走向我们这个也将虐待她的集体。

在我过去写的小曼的故事里,先是给了她一个所谓好结局,让她苦尽甘来,跟一个当下称之为"官二代"的男人走入婚姻,不过是个好样的"二代",好得大致能实现今天年轻女人"高富帅"的理想。几十年后来看,那么写小曼的婚恋归宿,令我很不好意思。给她那么个结局,就把我们曾经欺负她作践她的六七年都弥补回来了?十几年后,我又写了小曼的故事，虽然没有用笔给她扯皮条，但也是写着写着就不对劲了，被故事驾驭了，而不是我驾驭故事。现在我试试看，再让小曼走一遍那段人生。

要是在我那堆老照片里好好地勘探，能把何小曼给我们的第一印象找出来。照片上的何小曼穿着没下过水的新军装，军帽把头发全罩在里面，扫马路女工戴防尘帽的戴法。照片是她入伍后第一个礼拜天照的，眼睛看着前方，并不是看着摄影师钻在遮光布里的前方，而是把自己的来路历史全切断而光明都在前方的那个前方，紧抿嘴唇，嘴角劲儿使得大了点儿，当年时兴这种李铁梅亮相口型。何小曼是一九七三年的兵，我那时已经被人叫成萧老兵了（也可以听成小老兵）。我被临时抽调到新兵连，是为了给新兵们做内务指导。我可以把棉被叠得跟砖头砌的一样方正，一样硬邦邦、不温暖。那是我军的时尚，还不知道美军都不叠被子，铺盖就是个睡袋。我还有个手艺就是闭着眼睛打背包，闭上眼睛把松散的棉被棉褥捆扎成一个一尺半宽，一尺八长的背包只需四十五秒钟。那时候我暗里谈恋爱，明里争取做可以教育好的子女，所以一切都做得恶狠狠的。一九七三年春天，从上海来的女性新兵整十人，一间简易营房里摆十二个人的通铺，头一个铺归班长，最后一个属于副班长。萧老兵暂时睡在副班长位置。何小曼就这样走进了我们的视野：军帽戴到脑门，帽子后面也不见任何头发，乍一看是小男孩。两周就有人发现了问题：何小曼从来不摘军帽。熄灯号吹响，她的帽子还在头上。

上海话是很适合交头接耳的。交头接耳的结论很快出来了，"一定是个癞痢。"

那帮新兵都十五六岁，正觉得新兵训练不好玩，想找什么玩一玩。于是有人提议，刺杀训练的时候假装刺偏，用木枪把何小曼的帽子挑开。很快发现这么玩可能会玩大；万一挑不准，挑到眼睛上，或者手上轻重不对，椎伤了她，那就玩大了。新兵连是什么地方？是退货的地方；一旦发现残次品，哪里来的退回哪里。所以新兵训练三个月是一段试用期，谁也闯不起祸，否则试用期随时可以结束，你从上海千里迢迢来成都，唯一所获就是一套新军装。冒着被部队退货的风险揭露一个癞痢，不值。

一周过去，何小曼日夜都是无懈可击的军容风纪。通铺上方的墙上钉着铁钉，挂着军装军帽，"错戴"别人的帽子是可能发生的。新兵班的班长在我们眼里是正规军，从通讯团来的。只有她一个人戴手表，还拥有一个旅行闹钟。我们打起她闹钟的主意来。一听我们要借闹钟，班长马上拉起防线，问我们"想干什么"，但口气已然断定我们"干不出好事"了。她一对小眼白着我们，笑笑，"不借。"倒是干脆。不借我们也有办法，偷偷把她闹钟的闹铃上到五点五十八，比起床号早两分钟。两分钟足够我们开灯，让何小曼军帽下的秘密大白天下。

新兵们密谋,一旦听到闹钟铃声,就由何小曼右边的人"错戴"帽子。

第二天一早,比起床号吹响早两分钟,新兵班长的闹钟闹起来。营房里还是黑夜,何小曼右边的邻居一纵身跃起,同时向左边伸臂,抓下左上方挂着的军帽,立刻扣在头上,与此同时,另一个新兵跳到门边拉灯绳。就在新兵班长咕哝闹钟怎么会响铃的时候,灯光大亮,所有人都向何小曼注目。我们都以为会看到想当然的一个痢痢头,但大家全失望了,或说比真看到痢痢还惊讶:何小曼的头不仅长着头发,而且一个头长着三个头的头发。让我试试另一种形容:何小曼的头是一个头发的荒原,或者,头发的热带雨林。那样不近情理的茂密,那种不可遏制的丰沛,似乎她瘦小身体所需的能量摄入极有限,而节余的能量都给了头发,那一头冲冠怒发是她生命能量的爆破。我们所有人是应该喜欢甚至羡慕这头发的,可我们都有点怕这头发,这头发跟我们比,太异类了,细看它的每一根都带无数小弯,每一根都茁壮油黑,我们一时还不知道该怎么去喜欢太异端的东西。终于有人对何小曼的头发发言了:"哟,这是头发呀?!怎么长的呀?!"明明是质疑的。质疑者姓林,叫丁丁,她是新兵训练中期来的,新军装里还系着一条大花纱巾。她孩子气地把手指尖伸到何小曼的头发上,一摸,赶紧缩回,看看手指:"不是染的吧?"何小曼把自己的头挪开一些,挪到距林丁丁手指安全地带。林丁丁接下去又说:"也没烫过?"何小曼摇摇头。丁丁又说:"怎么长成这样了?"明明有点嫌恶了。

从此我们有了个基本态度,对何小曼的头发的微微嫌恶。

后来何小曼告诉我,当年她跟接兵首长和其他新兵在上海登上西行的火车,送行的只有母亲。母亲想在女儿远行的前夕再做一回亲妈。火车晚上发车,母亲的送行从上午就开始,开始在火车站的行李寄存处。母亲替女儿寄存了不大的帆布旅行包,然后领着她来到淮海路上。有一家"鲜得来"的小馆,做的排骨年糕名气极大,店堂里坐不下,大部分人都端着盘子站在马路上吃。母亲就在马路上宴请女儿。她只买了一客年糕,让小曼吃,自己一手端着一碗汤,一手端着个放辣酱油的碟子,不时提醒女儿:"蘸点佐料呀!喝口汤呀!"没有餐桌,母亲宁愿做女儿的餐桌。吃完午饭,娘儿俩又去逛公园。二月天出了个四月大太阳,母亲在复兴公园的草地上铺了张报纸,让女儿坐上去,由她来为女儿梳辫子。小曼的头发难梳,母亲把她梳得疼极了,比弟弟揪还要疼,疼得她眼泪盈眶。父亲活着的时候,她最怕母亲给她梳头,宁可由父亲用条手绢马马虎虎把她头发扎成一大捆。自从做了拖油瓶被拖进继父家,她便开始想念母亲梳头的疼痛,但母亲再也没心思没时间花在她的头发上了。母亲给她梳头简直就是跟她的头发打仗,哪里有反抗哪里就有镇压,最终把那一头不断抗争的头发全部制服,从头顶到辫梢编成了花儿,告诉她那叫"麦穗花儿",也叫"法国辫子"。她问为什么叫法国辫子。母亲柔声说,也是别人告诉她的。小曼猜"别人"就是她的爸爸。母亲此刻在想她的亲爸爸,母亲跟小曼单独在一起的时候,看见小曼的相貌和体征替她的亲父亲活下来的时候,就会想念她那个软弱善良的前夫。前夫的好大一部分活在小曼身上!二月的阳光里,他们一家团聚了,只是缺席了小曼的亲父亲。

"你知道你这种头发叫什么头发吗?"母亲突然问。

女儿不知道。

"叫纱发。中国人难得长这种头发。"

小曼还认识一个长这种头发的人,她的好爸爸。母亲还不止一次说过,贵人不顶重发,这么厚这么重的头发,只长在苦命人头上。

我们看到的何小曼,就是把母亲的手艺藏在军帽里的瘦小新兵。我们怎么会知道,小曼想尽量长时间地带着母亲的手迹在我们这群陌生人中生活。对于她,母爱的痕迹,本来就很少,就浅淡,法国辫子也算痕迹,她想留住它,留得尽量长久。两周之后,辫子还是保持不住了,她在澡堂的隔间里拆洗头发,却发现拆也是难拆了,头发打了死结。她把核爆炸蘑菇云一般的头发塞进军帽,跑到隔壁军人理发店借了把剪刀,把所有死结剪下来。我们要揭晓她军帽下的秘密时,正是她刚对自己的头发下了手,剪了个她自认为的"刘胡兰头",其实那发式更接近狮身人面的斯芬克斯。

　　直到九十年代我又见到何小曼,了解了从童年到少年的她是怎么回事,我才醒悟到她是怎样热爱上发烧的。也许小曼是我们女兵当中最羡慕也最妒忌林丁丁的人。丁丁让很多人疼爱着,就因为她层出不穷地害着各种小病。我们也爱流传那些丁丁生小病的笑话,比如她说自己咳嗽好多了,就是"蛋"①很多;叫她生病多吃水果,她说"蹶子"②维他命多,就是容易生蛋。常常是两只小白手捧着胃,那就是又胃气痛了,一问,她会用七成上海话三成普通话说:"这只胃胀得像只球!"我们下部队演出吃招待宴会,有人吃美了,便会招来警告:"当心把这只胃胀成一只球!"林丁丁的病都不大,可都是真病,一旦她那只胃胀成了一只球,人们眼看她把胃舒平脆生生地一把把嚼成花生米。有次她的独唱马上要开幕,胃气痛又来了,卫生员当时没有针灸银针,用了两根粗大的别针深深扎进她的虎口,那一刻所有人都疼死

---

①　上海话"痰"和"蛋"谐音。

②　橘子。

她了。尤其刘峰,疼她疼得一肚子柔肠化成了水。这是"触摸事件"爆发后我回想推测的。

此刻最羡慕丁丁的就是何小曼。她对病的渴望由来已久。自从她父亲自杀,她就再也不是任何人的掌上明珠,只有在生病时才能被母亲短暂地宝贝一会儿。她看着我们像碉堡一样围着林丁丁,她自己也是碉堡的一块砖石,林丁丁此刻是团首长们不折不扣的掌上明珠。

在一次下部队演出途中,何小曼如愿以偿地发起烧来。我们住的县城招待所昏暗寒冷,卫生员从她嘴里取出体温计,就开始了下面这段著名对话。

何小曼:"多少度?"

卫生员:"不知道……"

何小曼:"那你快看啊!"

"看不清!"

何小曼:"再不看就凉了!"

卫生员和我们都不懂什么"凉了"。

卫生员拿着体温计往门外走。何小曼急得叫起来:"哎!你出去干什么?!"

卫生员:"这个鬼地方白天不发电,屋里看不清啊!"

何小曼:"你不能出去!……"

卫生员无语,愣在门口。

何小曼:"出去了体温表不就更凉了吗?"

　　当时我们在午睡,被她如此愚昧的话惊醒,又都笑了。她对医学和医疗设备实在愚昧得可以,我们说,你以为体温计跟馒头似的,出笼就会凉下去?

　　卫生员从屋外回来,报告何小曼的体温为三十九度六。何小曼还是遗憾,说在屋里肯定更高。

　　那次我们原谅她的原因,是因为我们都认为烧到三十九度六的脑袋,一定是昏的,不可以与之较真。当天晚上,小曼摇摇晃晃地起床,幽灵一般飘到后台,打算化妆参加演出。下部队演出我们人数是有限的,一个大型集体舞没有人顶小曼的缺,这是领导批准小曼请战的原因。领导还布置我们女兵为她梳头、化妆、穿服装。那两天何小曼在高烧和退烧药逼出的大汗里度过,身体头发热腾腾的,整个人都馊透了。我们中有人说:"跟炊事班揭开一笼屉碱小的馒头!"

　　"什么呀?"小郝说话了,她正在梳何小曼那一头黏手的头发,"压根就忘了放碱!"

　　我们都恶心地笑起来。何小曼也跟着我们笑,有点笑不动,但此时若不跟着大家丑化自己,会很孤立的。无论如何,那次她被我们七手八脚、嬉笑怒骂地伺候了一回,做了一会儿团首长的掌上明珠。当晚开演出总结会,副团长提到何小曼的名字,说要不是小何同志头重脚轻地主动走进化妆室,那个大型舞蹈的队形还真就得开天窗。副团长号召大家为"轻伤不下火线"的小何同志鼓掌。何小曼眼圈红了。她听出那热烈掌声基本是真诚的。

那时候我们还没有公开地歧视她,对她的不可理喻还在逐渐发现中。比如她吃饭吃一半藏起来,躲着人再吃另一半;比如一块很小的元宵馅她会舔舔又包起来(因为当时的成都买不到糖果,嗜糖如命的我们只好买元宵馅儿当芝麻糖吃),等熄了灯接着舔;再比如她往军帽里垫报纸,以增加军帽高度来长个儿,等等,诸如此类的毛病其实没被我们真看成毛病,女兵里这类小毛病太普遍。

让我们对她的歧视重大升级的一件事是这么发生的:

这天,院子里的晾衣绳上晾出一个乳罩,照例也被盖在一件衬衣下面。我们当时很有廉耻心,对男女有别别在何处这类问题都含混处理,所以从不公开晾晒那些遮挡我们"有别之处"的私密内衣。那天风大,当遮羞布的衬衣被刮掉了,被它掩护的乳罩于是赤裸裸地在风里起舞。我们政治学习刚结束,像一群圈疯了的马驹,以踏平一切之势,奔腾出门,突然都停住了。那个乳罩不仅在大风中勇敢独舞,还暴露出两个半圆凹陷里填塞的黄颜色海绵。我们再瞥一眼,发现那两块海绵是搓澡用的,大概也曾搓过澡,被挖下两块圆形,再被粗针大麻线地钉在乳峰部位,看上去寒碜无比。几十年后的今天,到处可见丰胸广告,想垫什么直接垫到肉里去。可是谁敢在那年头丰胸?而且材质太廉价,手艺太粗糙,向往太无耻。我们不约而同相互看看,从视线高度就明白,大家都想看清,究竟谁的胸是海绵的。我们又不约而同缩起身体,红了脸,这无耻的向往弄得我们人人心虚,人人自危。

这种脸红今天来看能看得更清楚。那个粗陋填塞的海绵乳峰不过演出了我们每个女人潜意识中的向往。再想得深一层,它不只是我们二八年华的一群女兵的潜意识,而是女性上万年来形成的集体潜意识。上万年来,人类对女性诱惑力、生育力以及养育力的向往和梦想,乳房是象征,是图腾,如此便形成了古老的女性集体潜意识。对于乳房的自豪和自恋,经过上万年在潜意识中的传承,终于到达我们这群花样年华的女兵心里,被我们有意识地否认了。而我们的秘密向往,竟然在光天化日下被这样粗陋的海绵造假道破,被出卖!男兵们挤眉弄眼,乳罩的主人把我们的秘密向往出卖给了他们。

我们中的谁小声说,把它收了吧,丢人现眼!郝淑雯不让收,警告说:"谁碰它就是谁的啊!"她反而把那件被风吹跑的衬衫捡回来,盖上去,意思是保护犯罪现场。她向在场的女兵们递眼色,大家不动声色地跟着她进了小排演厅。这里供歌队和乐队排练,一架放在墙角的大钢琴就是我们的会议桌。围着钢琴站定,不少人笑起来。那种碰到天大荒唐事感到无语的笑,那种对于不害臊的痴心妄想怜悯的笑,还有纯粹是因为那乳罩太不堪了,不堪到了滑稽地步,因而惹我们发笑。郝淑雯开始叫我们严肃,不一会儿却成了我们中笑得最撒欢的一个,一屁股跌坐在琴键上,钢琴哄的一声也笑开来。笑过之后我们一致通过小郝的提案,今晚必须将乳罩的主人拿下。从衬衫和乳罩的尺寸上,我们把侦查范围缩小到女舞蹈二分队。

接下去,郝淑雯在窗户朝前院的宿舍布下暗哨,看究竟谁来收取这件衬衫和它下面的下流勾当。开晚饭了,专门有人给站哨的人打饭。晚上排练,没节目可排的人坚守哨岗。快到熄灯时间了,那件衬衫和它掩护的勾当在路灯光里,成了孤零零的旗帜,风力小下去,它们也舞累了。大概衬衫和乳罩的主人知道我们设下的埋伏圈,宁可舍弃它们也不愿暴露自己。但有人觉得不大可能,每个战士一共拥有两件衬衫,冬夏两季发放被服各发一件,但必须以旧换新,舍弃一件衬衫就是永远的舍弃,换洗都不可能了,未必此人从此不换衬衣?

十一点多了,埋伏的夜哨也困了,猎物却仍不出现。值夜哨兵叫醒郝淑雯,说就算了吧,恐怕有人泄密,这家伙宁死不进套。小郝没好气地嗯了一声,表示批准。值夜哨兵正要退出我们宿舍的门,感觉有人轻轻走进了走廊。走廊的木头地板跟各屋一样,都很老,七八十岁了,所以跟所有房间的地板筋络相连,只要有人从走廊一头进来,所有屋里的地板就会有轻微的神经感应。哨兵伸头往走廊看去，看见一个瘦小的身影蹑手蹑足在黑夜中移动。哨兵吼了一声："不许动！"

郝淑雯以标准的紧急集合动作，从床上到走廊只用了半秒钟。同时走廊的灯被哨兵打开，灰尘和蛛网包裹的昏暗灯光里，何小曼手里拿着那件衬衫已经走到她宿舍的门口。小郝立即还原了当年接兵的年轻首长，威严而慈祥："等一等！"

何小曼等着。郝淑雯对她身边的哨兵摆了摆头。哨兵当然明白"首长"要她去干什么。她跑上去，缴下何小曼的衬衫，但她马上就迷茫地扭过头，看着穿睡衣睡裤紧跟上来的郝淑雯。衬衫是那件，没错的，但这不重要，重要的是它掩护的那个下流勾当！要拿下作案者，必须人赃俱在，现在勾当不见了！郝淑雯从哨兵手里接过衬衫，不动声色地搜查一番，同时审问就开始了。

"这么晚，哪儿去了？"

"上厕所。"

"你平时起夜吗？"

"有时候……"

谁都知道女兵床下一般有三个盆，三个盆的分工很清楚，头号大的洗脚擦身，二号大的洗脸，最小的偶然起夜做便盆。除非腹泻，极少有人半夜穿过院子去那个公共厕所。

"胆子倒挺大的嘛。"

何小曼毫不费力就听出审讯者话中的双关义。那时有关郝淑雯要当女舞蹈队队长的传闻已经泛滥,何小曼在未来的顶头上司面前规规矩矩立正。

"这衬衫是你的?"

"……嗯。"

"傍晚下雨大家都把晒在外面的衣服收回来了,你怎么没收?"

"忘了。刚才从厕所回来才看见。"

"你平常的好记性呢? 藏半个包子夜里都记着啃完它。"

何小曼连稍息都不敢。

郝淑雯端正标致的脸上出现一个狞笑。

"那个东西哪去了?"

"什么东西?"

"你藏的东西,你知道。"

"我没藏东西。"

"好意思做,就要好意思承认。"

"承认什么?"

"承认什么,我哪儿知道!"

"……"

"嘿,问你呢!"

"……"

郝淑雯指着衬衣，"你在这件衬衣下面藏了什么？"

"……什么？"

"废话！你藏的你知道啊！"小郝给她气笑了。

走廊两边的门都开了缝，缝隙渐渐变大。

询问陷入僵局。郝淑雯只好重来。

"是不是把那玩意儿烧了？"

"……"

"藏在衬衫下的东西被你烧了？"

"……谁烧了？"

"哦，没烧。那哪儿去了？"

"……"

"大家可是都看见的，啊。"

何小曼眼泪流下来，可以看成是被冤出来的眼泪，也可以看成是被穷追猛打即将全线崩溃而求饶的眼泪。小曼眼睛看着前方，但并不看着她面前的未来分队长。她的目光在郝淑雯身上穿了个洞，去寻找逃遁的出路。假定她能来一个现在时髦的"穿越"，穿越几十年，来到二十一世纪的北京王府井，就是跑断腿也找不到无衬垫乳罩。她那个刚被销赃的乳罩假如拿到此地，大概没人敢相认，那也叫乳罩？！那是多么单薄可怜的东西！塞着两块黄颜色搓澡海绵，塞着小曼对自己身体的不满，塞着对改良自身最大胆的作弊。怎么能让她承认这样的作弊呢？要她承认不是太残忍了吗？郝淑雯是太残忍了，你长了这么丰美的胸，你当然镇压在胸上作弊的可怜虫！何小曼的目光在郝淑雯完美的胸口上穿了个洞，又在小郝身后走廊尽头的墙壁上穿了个洞，还是找不到逃遁的出路。眼泪滴成了珠子，可她就是不低头不认罪。我们所有人在秋天的夜晚打着串串寒噤；我们都是可怜虫，一旦有一个可怜虫遭殃，危机就被转嫁了，暂时不会降临于我们，我们也就有了短暂的安全。于是我们要确保这个可怜虫遭殃的时间长久一些，把我们的危机转嫁得长久一些。

"我们好几个人都看见了。"门内的某女兵站上了证人席。

"他们男的都看见了！都在怪笑！"这个证人很悲愤。

门内的女兵们跟走廊上的三个人组成了一个审判庭。郝淑雯又开口了。

"干了那种事，还要撒谎。"

"我没撒谎。"

"她撒谎没有？"郝淑雯向走廊两边的门扫视。

"撒了！"陪审团异口同声。

"再问你，撒谎了没有？"

寂静中，何小曼的眼泪干了。

"问你呢。"

97

"我没撒谎！……"

何小曼突然咆哮起来。凉飕飕的秋夜出现了乱气流。

郝淑雯被这一声呐喊暂时镇住。大家都从这句咆哮里听出"策那娘！"听出比这更脏的弄堂下流话，听出她用这句话骂山门骂大街。这只小老鼠一向躲躲闪闪，静静悄悄，从来不知道她还会叫！从来不知道她身体某处藏着这样一声叫！

"没撒谎你叫什么叫？！"

何小曼继续看着前方。

"有种干，就有种承认！撒谎抵赖……"

一声号叫打断了郝淑雯。何小曼无词的号叫更可怕，刹那之间让你怀疑她由人类退化成了猿，叫声凄厉至极，一口气好长，一米五八的身体作为笛管，频率高得不可思议，由此你得到一个证明，正是她的短小使她发出如此尖锐的声音，想想知了、蛐蛐、蝈蝈、金铃子之类。郝淑雯给她叫傻了。我们都傻了：她这样叫，一个字也没有，什么意思啊？后来我了解了她的身世，觉得这声无词的号叫在多年前就开始起调门，多年前就开始运气，在她父亲自杀的时候，或许在弟弟揪住她的辫子说"辫子怎么这么粗明明是猪屎橛子"的时候，也或许是在她母亲识破了那件被染黑的红毛衣以及两个绒球如何做了丰胸材料而给了她两耳光的时候……

何小曼号叫的时候,脸色紫红,印堂却青白,鼻子至嘴巴的三角区同样发青,但她的眼睛仍然是穿过郝淑雯的;小郝把一件洗塌了筋骨因此疲软无比的针织衫做睡衣穿,肉粉色,原先应该是红色,由于洗过太多水完全像张煮软的馄饨皮粘贴在身体上。想象一下,小郝那夜间不设防的身体就在那下面,那些轮廓,那份饱满,她的高炮师长父亲和军医母亲给了她这身体,以及那身体后的依靠。只要这世上郝淑雯存在着,对于何小曼就是残酷。小郝这样的天体和何小曼这样的丰胸把戏,一个当然要戳穿,一个当然要号叫。

女兵们对何小曼的歧视蔓延很快,男兵们不久就受了传染。至今我还记得一九七六年夏天的恶热。等夏天过去,人们对那场酷暑有了别种理解:那种毒热原来酿着大地震,酿着大人物们的大谋算,天灾和人祸老天是先知的。可此刻的我们浑然不觉,在大变革前夕的非人酷暑中,为八一节排练新舞蹈:《红军飞渡金沙江》。舞蹈的高潮是所有男舞者把女舞者托举起来,女舞者一腿跪在男舞者的肩膀上,另一条腿伸向空中。所有人都被自己的汗水冲淋,地板湿漉漉的似乎也跟着出汗。平时就爱出汗的何小曼看上去油汪汪的,简直成了蜡像,正从头到脚地融解。快要到托举了,录音机里的音乐越发煽情,军鼓铜管一块发飙,女舞者

99

们起范儿,男舞者们趁势托腰,一个半旋,所有女兵都是"楚腰纤细掌中轻"地舞到男兵手臂上,而录音机突然哑了。编导杨老师从他坐镇的藤椅上站起,我们都看见藤椅座上留了个湿漉漉的臀部印记。杨老师问那个跟何小曼搭档的男舞者怎么的了。这是个北京兵,叫朱克,已经持续闹了三年转业,他回答杨老师说,他没怎么的呀。杨老师一手用毛巾擦汗,一手舞动着半截香烟,把托举动作的要领又细说一遍,烟灰洒在我们的汗上。然后他跟所有人说:"我知道大家都很热,但是请不要恨我,恨害得你们重来的人。"

他把烟头塞回嘴角,一边回到藤椅前,在湿漉漉的臀部印记上坐下来。操控录音机的人摁下播放键,音乐再次飙起,杨老师大喊一声:"开始!"

我们再次起范儿,重复那套动作,音乐却又停了。杨老师将烟头往脑后的窗外一扔,指着朱克和何小曼,"你俩怎么回事?!"

何小曼看着嘴冒青烟的杨老师,又看看朱克。

朱克说:"举不动。"

朱克闹了三年转业,不好好练功,整天练健美,往那儿一站就是针灸肌理塑像。

杨老师看了他一会儿,说:"你这么闹,就更不会让你转业。"

朱克说:"我闹什么了?闹肚子,没劲儿,再给人家摔坏了呢。"他下巴歪歪，意思他罢工是为了何小曼好。

杨老师说："举不动可以，至少把动作来一遍。"

大家再一次重来，起范儿，托腰……杨老师噌地站起来，藤椅小而杨老师块儿大，本身是靠藤子的弹性将偌大的臀部挤进两个扶手之间，现在起身起得太急，加上汗水和空气湿度把他和藤椅都泡发了，因而他向朱克逼近的几步，藤椅的两个扶手仍然夹在他屁股上。

杨老师走到朱克跟前，夹住他的藤椅才咣当一声掉下来，翻倒在地板上。杨老师这才意识到刚才的狼狈，回身一脚踹在藤椅上。地板被我们的汗润滑，藤椅顺着那滑溜劲向墙根溜去，又被墙根撞了一下，弹回来一尺远。

我们都知道杨老师为什么急成那样。朱克刚才大致做了一遍规定动作，但他做他的，跟何小曼毫无关系，手离何小曼的身体数尺远。

杨老师让所有人原地休息，把朱克和何小曼单独调度到大厅中央。又胖又大的杨老师在这种天气最是受罪，无端也有三分火气，此刻火得两拳紧握，胳膊肘架起，看上去是京剧的花脸提铜锤的架势。我们估计那是因为他胳肢窝里全是汗，那样空着提铜锤可以让胳肢窝多少流通点儿空气。

"朱克，你给我做十次！举不动，可以，不过其他动作一分折扣也不准打！小何，准备好……走！"

朱克却蹲下来,头抱在两手之间。

"你到底想干什么?!"杨老师站在了朱克面前,嗓音几乎压没了,只剩牙缝里嗞嗞的出气声,响尾蛇发起致命攻击之前的嗞嗞声。

朱克向杨老师抬起痛苦的脸,"杨老师您行行好,给换个人吧。"

杨老师不明白。我们虽然热糊涂了,但还是有些懂朱克的意思。

杨老师此时四十五岁,是我们团第一号舞蹈权威,创作和编排舞蹈的才能使我们常常忽略他的体重。他转脸问何小曼:"朱克说换谁?"

何小曼不说话,根本就没听见杨老师的提问似的。

朱克又开口了,说:"您换别人托举她试试。"

杨老师叫了另一个男舞者的名字,要他跟朱克调换位置。这一位干脆笑嘻嘻地拒绝杨老师的调度。

杨老师:"你们都怎么回事儿,啊?!"

杨老师嗓子里那条响尾蛇又嗞嗞响地发出总攻威胁了。

朱克站起身,脸上的痛苦更深刻,"您老的嗅觉没事儿吧?闻不出来呀?"

杨老师瞪着朱克。男兵们开始窃笑。

朱克指着何小曼:"让我托举她?多不卫生啊!您自个

闻闻,她整个是馊的!"

大厅里静一下,紧接着就笑声大作。

杨老师叫我们"安静",叫了好几声,我们安静了,他说:"太不像话了! 怎么能这样说自己的同志呢?! 还是个女同志!"

一个男兵怪声道:"朱克同志是爱卫会的。杨老师原谅他。"

整个这段时间,何小曼就那样看着正前方的墙壁,比任何人都局外。意思似乎是,你们好好商量吧,总会商量出结果的,什么结果我都无所谓。

男兵们很理解朱克。我们那时多年轻啊,谁的身体里没有一条青春的虫在拱动? 谁不被那虫拱得心底作痒? 一旦我们身体里那条青春虫子拱得紧了,男女间哪怕以眼神触碰一下都是好的。一切都可以是触碰的名目,借自行车时交接钥匙的手指头在对方掌心多赖一会儿都是一种缠绵。男兵平时是不能随便触碰女兵的,触碰得有正当名目。现在好不容易来了个正当名目,在这个"冒酷暑坚持排练"的响当当名目下,不仅可以触碰,还可以搂抱! 手公然正当地搂抱在柔软纤细的少女腰肢上,那些纤细腰肢在那一瞬间也有了短暂的归属,我们身体里那条虫总算拱直了,总算声张了它存在的正当意义:难道不可以青春吗? 我们这样一群矫健稚嫩的大牲口不就是青春本身? 而青春本身

103

能抵消多少罪孽！有了这样正当的名目，可以往正义搂抱里走私多少无以施与的缠绵？杨老师功德无量地为我们设计了这个托举，我们终于可以假公济私地享受刹那的身体缠绵了，而朱克发现，发给他的缠绵对象是何小曼。抱何小曼比没的抱还糟。他宁可放弃这个搂抱的难得机会。

杨老师说："那你告诉我，朱克，是不是换个人你就愿意举了？"

朱克不说话，但意思是：那可不，换谁都行。

杨老师抬起头来，扫视我们全体，但谁的眼睛也不跟他的目光对接。

就在这时，何小曼的新搭档出现了。从男舞者队伍的尾巴尖上走出一个人来，走到何小曼身边，说："杨老师，我跟朱克换位置吧。"

刘峰。我们的好刘峰。每次缺德家伙们偷吃了包子馅，刘峰都会把空空的包子皮夹到自己碗里。他两手轻轻搭在何小曼的腰上，等着杨老师下达"开始"的指令。

可是杨老师一动不动。也许我们对何小曼的作践震撼了他，也许刘峰的仁慈感动了他。我们倒不觉得刘峰的行为意外，平常脏活累活都是刘峰抢着干，何小曼不外乎也是刘峰的一份脏活累活。刘峰为大家做过的好人好事还少吗？这是又一次为大家做好人好事。杨老师似乎被这场奇怪的事件消耗尽了，突然就疲惫不堪地撂下我们，垂着头往排练厅大门外走去。走到门口，他才又想起我们还没有发落，转过身说："解散。"

有人问解散了干什么。杨师头也不回地走出去，一边说："爱干什么干什么吧。"

在这样的毒热中，我们什么都不爱干，顶不爱干的就是排练这个动作激烈得抽风的大型集体舞。大家在半分钟内就散尽，唯有刘峰和何小曼剩下来。因为刘峰对何小曼说："咱俩练几遍，下次排练就走熟了。"

女兵们往大门口走，打算去拦截一辆卖冰棍的三轮车。女兵们总是把冰棍贩子拽进院子，然后把一车冰棍买空。从排练厅的窗口，能看见刘峰把何小曼高举起来。排练厅的一面墙由八块镜子组成，镜子是次品，稍微拉开距离，照出的人形就是波纹状。舞蹈队一对最矮的男女在镜子里走形走得一塌糊涂，但十分协调般配。到了第二天排练，刘峰和何小曼跳得默契和谐，被杨老师请出队列，给所有人示范。

示范结束，杨老师似乎想考考我们，"刚才他俩跳得怎么样？"

我们都说，不错不错。

"这说明了什么问题？"

没人答得上来。

"说明了只有他俩，还保持了我们这支队伍的优良传统；我们团是经过战火考验的！"

杨老师是给我们逼急了，逼出这番豪言壮语。杨老师跟"白专"就隔着一根虚线，常常叫我们少摆高姿态，腿踢不上去，高姿态都是空的。杨老师今天豪言壮语没完没了。

"当年中印边境自卫反击战，就是我们这支队伍，把演出送到了最前线，我们这支队伍的精神就是：一不怕苦，二不怕死！"

"三不怕臭。"朱克在下面小声补充。

"苦和死都不怕，还怕臭吗？"这是那天排练结束后男兵们的补充。当时他们在水房里洗冷水澡，等刘峰洗完出去后补充的。男兵们洗冷水澡的时候问刘峰："味儿是馊得可以，不过抱在手里感觉怎么样？"刘峰的回答是："低级趣味。"

后来发生了"触摸事件"，男兵们背地里说："只低级没趣味啊——连那么馊的人他都要摸。"

批判会开完，刘峰被下放基层了。那是一九七七年暮夏。

在刘峰离开文工团下连队的前一天晚上，何小曼去他宿舍登门造访。当时我们女兵很少去男兵的宿舍串门，因为男兵们常穿条小裤衩就公然在宿舍走廊里串。据说七八月份最热的时候，最体面的着装就是小裤衩了，很多人连小裤衩也不穿。何小曼在楼梯口就喊了两声刘峰。

她这么喊主要是为了那些穿小裤衩或不穿小裤衩的人及时回避。

很多人听见何小曼这两声喊了，因此她为刘峰送行这件事从来就不是秘密。只是她跟他说了什么是个绝密，直到一九九四年，何小曼的精神彻底康复后才解密。当然，解密也只是对我一个人而言。那时很多人对我解密，或许因为我成了个小说写手，而小说即便把他们的秘密泄露，也是加了许多虚构编撰泄露的，即便他们偶然在我的小说里发现他们的秘密，也被编撰得连他们自己都难以辨认了。

刘峰为她打开门，问她有事没有。何小曼答非所问，说没想到他第二天就要走，那么快。刘峰说，伐木连正缺人，要他尽快去报到。这是不实之词，那时已经是秋季，伐木最忙的时间在夏天，藏区化雪的时候。刘峰是一天也不想在我们中间多待。小曼问了一句，伐木连远不远。远，刘峰说，在澜沧江那一边，坐汽车团的车要走七八天。这么远啊，小曼说。我们对澜沧江很熟，去西藏巡回演出好几次过澜沧江。

那么一场送别对话，一个门里，一个门外地进行，总也不是个事，刘峰就对小曼说，进来坐吧。小曼进去后，发现是没什么地方可坐的，刘峰在整理行李，床上地上都摊得乱七八糟。一顶蚊帐刚缝补完，针线别在刘峰的背心上。刘峰把小曼让进门，头一件事就是找衬衫穿。触摸林丁丁的恶名已经传出去了，他穿着背心跟女兵夜话多不合适，他是为了何小曼好。何小曼见他没头没脑地打转，问他找什么。他说找衬衫。小曼指指椅子背上搭着的衬衫笑了，不就在这里吗？他赶紧扯过去就往身上套，何小曼叫住他，哎，背心胸口上还别着针。他摘下针线，喘出一口长气，额头上尽是大汗珠子。

从何小曼后来告诉我的情景，我想象当年他俩的样子，得出一个这样的结论：何小曼那晚是放松的，自然的。甚至，还自信。对，是自信的。似乎被搁在神龛上的雷又锋以触摸女性证明他也是个人，这一点让小曼自信了。不仅从神龛上下来成了个人，而且还是被大家踩下去一截的次等人，于是跟她在一个海拔上了。小曼问刘峰，她能帮他做点儿什么。刘峰一向帮别人的忙，听到这话不习惯，拿出半袋洗衣粉，一盆青葱，一盆青蒜，一盆芫荽，说这些东西带不走，请她帮忙处理。小曼这才知道，刘峰在窗台上开着一个小农场，种植了好几种作物。他解释说，山东人口味重，总想吃一口葱蒜什么的。他最后搬出一个装满东西的纸壳箱说，假如小曼能帮忙，就帮他把这些东西也处理了。都不要了？嗯，带不走，他是从连队来的，知道连队的生活什么样，大营房里搁不下这么多私人物件。小曼沉默一会儿，问，能不能看看纸壳箱里装着什么。他打开箱盖，里面装满了标兵证书、奖状、锦旗、奖品之类。有的奖品是有用的，比如大茶缸、人造革皮包、脸盆。还有两块枕巾。所有奖品上的先进模范标兵字迹血红欲滴或金光耀眼。小曼吃惊地问，都不要了吗？这不是都有用吗？刘峰说都印上字儿了，怎么用？

"全是……全是好字儿啊！"小曼说。这是她的原话，意思是，记录了他曾经辉煌的字儿，不好吗？她活了二十岁，一个这样的字儿都没获得过。

刘峰没说话，似乎专注地整理东西。

小曼翻看着那些奖品，终于冲破羞涩，说她是否可以收藏下那些奖品。刘峰说当然了，只要她不嫌难看。

我的分析是，刘峰把处理多余物资的事情让小曼做，是想让她搬了东西就走，离开他的房间。刘峰爱林丁丁爱出半条命去了，没了丁丁，对于他来说，全世界一个女人都没了。小曼不懂他的痛、他的苦，以为她这样陪伴他，送他最后一程，我们全体对他的反目和孤立，就能给找补回来一点。尤其是林丁丁对他的伤害，小曼也想以她最后的陪伴给予些弥补。她活了二十岁，一路受伤到此刻，她的一路都是多么需要陪伴和慰藉，这她最明白。那天晚上，其实小曼想告诉刘峰，从那次托举，他的两只手掌触碰了她的身体，她的腰，她就一直感激他。他的触碰是轻柔的，是抚慰的，是知道受伤者疼痛的，是借着公家触碰输送了私人同情的，因此也就绝不只是一个舞蹈的规定动作,他给她的,超出了规定动作许多许多。他把她搂抱起来,把她放置在肩膀上,这世界上,只有她的亲父亲那样扛过她。在排练中和演出中,她被他一次次扛着,就像四岁时父亲扛她那样,让她感到安全,踏实,感到被宝贝着,感到……那一会她是娇贵的,是被人当掌上明珠的。这感觉小曼跟我说了三分之一,其余是我分析和诠释出来的。于是我进一步推测,那个夜晚,小曼几乎是爱刘峰的。不,她已经爱上他了。也许她自己都不清楚,她找上门,就是向刘峰再讨一个"抱抱"。明天,抱她的人就要走了,再也没有这个人,在所有人拒绝抱她的时候,向她伸出两个轻柔的手掌。

也许小曼是我们当中唯一一个真正识得刘峰善良的人。一个始终不被人善待的人,最能识得善良,也最能珍视善良。雷锋人格中最重要的组成部分,不就是善良吗?假如雷锋活着,也能够以触摸女性来证明自己的人性、雄性,小曼当然会以身以心相许。

何小曼在刘峰房间里一直待到九点半,刘峰两个同屋看完电影回来,她才告别。

当她搬着刘峰给她的那个纸壳箱下楼时,对所有男兵都昂着头。她想对他们说的话是,你们什么东西?连刘峰的小脚趾都不如!

她一直保存着刘峰的所有奖品,但始终不知道刘峰为什么抛弃了它们。我觉得我懂得刘峰对那些奖品的态度，以及他把它们当废品抛弃的理由。他或许是这么想的：你们把这些东西给我的时候多慷慨啊，好像这就是我需要的全部，可我想问你们要一点点人的感情，一点点真情，都是不行的；对我的真情呢，哪怕给予一点点承认，一点点尊重，都不行，你们就要叫"救命"，就要口诛笔伐，置于死地而后快。做雷锋当然光荣神圣，但是份苦差，一种受戒，还是一种"阉割"，所有的奖品都是对"阉割"的慰问，对苦差的犒劳，都是一再的提醒和确认，你那么"雷锋"，那么有品，不准和我们一样凡俗，和我们一样受七情六欲污染。每一件奖品和奖状都是在他光荣神圣上加的枷锁，为了他更加安全牢固地光荣神圣下去，别来参与我们的小无耻、小罪过，别来分享我们不无肮脏的快乐。刘峰扔掉那些奖品，等于扔掉了枷锁。

第二年秋天，何小曼也离开了我们。她也是被处理下基层的。一九七八年国庆，我们到阿坝为即将解散的骑兵团和军马场演出。战争不再需要骑兵和军马，骑兵和军马将永远退役，我们的芭蕾小舞剧《军马和姑娘》也就将永远谢幕。舞台坑洼不平，第一次走台A角小战士就崴了脚踝，脚肿得漫说穿足尖鞋，连四十号男鞋都穿不进去，把皮帽子当鞋穿。杨老师便把何小曼顶上去。何小曼那时已是标准龙套，只在两个大型集体舞里充数，因此所有人认为这段小

111

战士独舞是对她的厚赏。女分队长郝淑雯在服装组找到了小曼。何小曼因为担任的节目少，常在服装组帮忙，总有钉纽扣、补假发之类的琐事可做。她当兵四年，到此刻，对于"进步"和"向组织靠拢"的真谛彻底摸透，那就是对该你做的事马虎，对不该你做的事操劳；假如服装员跟团支部提出"何小曼常常帮着服装组补连裤袜"，那可远比舞蹈分队表扬她"何小曼练功积极，演出认真"重要得多。听到后者，团支部会认为，舞蹈队的，练功积极是本职，演出认真理所当然，有什么可表扬的。忙活别人的工作，比如帮服装员补鞋补袜之类，就会捞到分外表扬。郝淑雯向何小曼传达完杨老师的指令，何小曼说不行，她顶不了 A 角小战士。郝淑雯以为自己听错了，平时在杨老师编导的舞蹈里，哪怕给她的角色是只狗，她都会乐颠颠地接过来演。何小曼说完，又把鼻尖凑到尼龙袜上，继续织补。我们还有待发现，小曼眼睛的精彩凝聚力得益于她的中度近视。有次在昏暗的后台，她用扫把来回扫一小块地方，原来她把屋顶漏进来的白色光斑当粘黏在地板上的化妆棉纸清扫了。

　　"你不想演小战士？"女分队长这是第二次问何小曼，给她反悔的机会。小郝跟我们都认为，何小曼的白日梦都充满着这个小战士。那么出风头的一个角色，既顽皮又憨拙，非常讨观众好，每次都是掌声连着笑声，我们都恨不得削掉几公分身高去出这份风头。

"我头晕。"这是何小曼给的理由。

谁不头晕？海拔四千米，打个喷嚏都能耗尽氧气，一动不动所有人都会轻微哮喘。每天有人流鼻血、心慌、恶心、腹泻，层出不穷的高原反应中，头晕是最舒服的一种。健美健将朱克一夜就老了，血压蹿到一百八，心跳也快快慢慢的。

"谁不头晕？"郝分队长说。

"你也头晕？"何小曼问，似乎她刚知道高原反应对每个人都发生。

"废话！"郝淑雯说。

何小曼从凳子上站起来，真的晃悠一下。她的意思似乎是，既然大家都头晕，她就只好顶下小战士的光荣岗位吧。

我们这些龙套演员陪着主演何小曼排练一下午。那是一座露天舞台，就着山坡的高度搭建，十月就早早进入了严寒。我们像一个个蒸汽火车头，嘴吐白气，呼呼直喘地陪着她熟悉每个位置，每个队形，每一处衔接。

晚上演出前，我们听见台下哒哒的马蹄声。从大幕缝隙看出去，看到两千个骑兵整齐入座，座位就是他们胯下的战马。我们从来没见过如此的观众席，不止振奋而且恐惧，都不由自主地想，演出中万一惊了马，被铁蹄踏成肉酱的将是谁们。

　　何小曼坐在炭火边看我们活动足尖。郝淑雯催她起来一块活动腿脚，别像第一位小战士那样还未出征就倒下了。

　　她说她反正已经倒下了，正发高烧呢。郝淑雯把卫生员找来，在她额头上摸摸，是烫的，可她一直烤着火。体温计可以做证，五分钟后从她腋下拿出体温计，卫生员说咋得了，何小曼高烧三十九度七！我们顿时乱了；何小曼是我们最后的也是唯一的小战士了，而这个舞蹈没有小战士就没得玩了。带队的团长很快来到何小曼身边，看卫生员喂她姜汤，何小曼吞一口，他的喉结沉重地动一动。何小曼是这天夜里的月亮，包括团长的我们都是星星。杨老师建议，今晚取消这个小舞剧，让何小曼休息一晚。

　　团长说："别扯了，取消哪个节目这个舞都得跳！"

　　团长岁数并不大，也就三十三四岁，早先是连队的文艺骨干，特别善于鼓动。他的情绪从激扬转为悲壮，说骑兵和军马浴血奋战几十年，立下汗马功劳，现在他们在我军历史上就要被永远取消，这个《军马和姑娘》的舞蹈是对他们的歌颂、纪念，也是永别。团长的眼睛不对劲了，因为有了泪。

　　团长来到何小曼面前，蹲下来，像大人对待孩子，"小何同志，坚持就是胜利，骑兵战士们会记住你的，会感激你的。你不是在为你自己演出，也不只为我们团演出，你代表的是要继续在我军存在下去的全军，向他们致以最后的敬礼！"

何小曼在这样的征召下，站了起来。

那个舞蹈开演之前，团长走出大幕。我们都蒙了：团长难道亲自当报幕员？团长对着近两千骑兵和战马说："骑兵同志们，下面这个节目，是我们专门为骑兵这个最勇敢的兵种创作的。"大家想，团长这个"我们"的范围，扯得有点大，舞蹈明明是上海舞校创作的，我们只是拷贝来的。团长接下去说的，更让我们觉得他在"扯"了。他说扮演主要角色的何小曼是我们的优秀舞蹈演员，这位小同志将带着四十度高烧上台，如果她倒在舞台上，请英勇的骑兵指战员谅解，因为小何同志继承了骑兵同志的光荣传统，轻伤不下马背，轻伤不下火线。

台下掌声口号声战马嘶鸣声，何小曼刹那间成了骑兵独立团两千人的掌上明珠。她站在出场位置上，感觉着命运的转折就是这么妙，这么迅疾，这么毫无预示。她也玩味着当主角的感受：当主角真好，当掌上明珠真好。

整个舞蹈跳下来，何小曼相当争气，除了跑错两次队形，并没有像团长担心的那样"倒下"。骑兵团首长上台来接见演员，真把二十一岁的何小曼当成小战士了，在她脑袋上又摸又拍。大幕刚拉上，何小曼就倒下了。

当夜我们奉团长的命令轮流值夜，保障何小曼随时有水喝，随时上厕所，发生危险随时得到急救。团长说保障何小曼就是保障我们整个演出，看看小曼的演出引起了怎样的感动？宣传效果多大？继续保障何小曼"轻伤不下火线"的形象，就是继续传播军委首长对骑兵们的抚恤和关怀。又扯到军委去了。那时我们还不知道，骑兵们不服对于他们的发落，正预谋闹事，把军马骑到成都，甚至骑到北京去请愿。一米五八的何小曼挡住了那股危险的铁流。

何小曼的体温一直不退，也一直不变，恒定在三十九度七。卫生员开始焦虑，认为她体内一定有可怕的病毒作祟。何小曼轻伤不下火线，病毒更是不下火线，再坚持下去，那就不是"轻伤"了。第四天，我们转移到军马场之后，卫生员把何小曼送到了场部医院。这个场部医院是方圆百里最先进的医院，设备比成都人民医院都新。卫生员把何小曼扶进急诊室，急诊护士顺手把一根体温计插入何小曼衣领。五分钟后，当何小曼交回温度计时，护士看都没看温度就说错了。

卫生员问她什么错了。急诊护士说温度计错了。卫生员看了一眼温度计的刻度，说没错啊，三十九度七，很准。急诊护士像是特别忙，急匆匆往门外走。卫生员紧跟上她，问她错在哪里。护士说，这个戏法场里的知青牧工都会变，在这里是老掉牙的老节目。两人现在站在急诊室外的走廊上，护士指指熙熙攘攘的病号人群说，知青泡病号，什么点子想不出来？用猎枪互相打，自己打，多的是；胃出血，血尿，发高烧，打摆子，高血压……只有你想不出来的病，没有他们装不出来的病。卫生员还在糊涂，请她点拨得明白些。护士拿起那根温度计，又从她白大褂口袋里拿出一根温度计，要卫生员比较。卫生员比较出来了，一根温度计的杆子是圆的，另一根是三棱形的。

"哪，三棱形的是我们医院的，圆的是你们带来的。三棱形是新产品，我们刚从上海采购回来的。就是为了对付骗病假的知青。"护士说。

护士把这个装病"戏法"的秘诀连说带表演地演示了一遍：装病者腋下本来夹着一根做了手脚的体温计，你想要多高的体温就能多高，然后在胳肢窝下玩个调包，把"发烧"的体温计跟医院的对调。看着卫生员渐渐开窍的脸，护士接着说，太简单了，身边有个暖壶就行，把壶盖一开，体温计壶口熏半秒钟，温度就上来了，要是"烧"发得太高，上了四十二度，就往下甩甩。没有暖壶？茶缸子也行；连茶缸也没有？用手搓，摩擦生热，搓得得法，几秒钟也能把温度整上去。

"狗日知青都聪明得很！只要能病退回城，啥子发明不出来哟?!"

卫生员不知道何小曼和知青谁该得到发明专利，在急诊室就把团长电话要通了。团长听了何小曼的体温作假案之后，只是嗯嗯地答应着，一句指示没给。对这么无耻的装病者，卫生员倒是有太多廉耻心，不好意思揭穿了，可是谁来揭穿呢？

团长低声说："暂时不要揭穿。"

卫生员问为什么。团长命令她保密，以后会跟她好好解释。我们十八岁的卫生员差点抗命，在电话上要求团长立刻解释。卫生员的上级是军区门诊部部长，她随队保健期间接受我们团长领导，抗命也是间接抗命。她说假如让何小曼继续装病，对其他人多不公道？其他人指谁？当然指我们都想生病从而捞到"轻伤不下火线"表扬的年轻士兵们。那个时代的士兵，无仗可打，无处英勇，最高荣誉就由此类"轻伤"得来。卫生员觉得不公，是因为我们想"负伤"想疯了，对生病的羡慕和渴望掩饰不住，都挂相了，可是我们是想真的生病，真的想以自身实现一次我军"轻伤不下火线"的英雄传统，以真的病痛来换取一次表扬。我们不乏小病大生，小痛大喊的人，但谁也不会"诈病"。我们做梦也不会想到有人这么无耻，用胳肢窝变戏法，玩体温计调包。

团长厉害起来，叫卫生员服从命令，对何小曼装病严缄其口。他最后那句话把卫生员的正义怒火压下去了，"我倒要看看，她还能怎么表演。"

卫生员听懂了团长的战略部署：诱敌深入，彻底全歼。

但是卫生员对团长的意图只懂了一半。团长是唯一对骑兵团和军马场的动荡局势知情的人。军区首长把我们送下来"慰问演出"，其实是要我们起到调解作用。骑兵和牧工由于建制撤销而前途未卜，由于未卜前途而滋事，是司令员政委们最担心的。我们的演出，等于在闹事的军队和紧张的首长们之间拉关系，做说和。何小曼由于"高烧"，由于带着"高烧"表演的高难舞姿，对于退役前夕的骑兵起到了感化效应。一旦战士们知道这是一场装病，他们会大感上当。战士们在高原艰苦服役多年，突然要被遣散，心里朦胧感觉到上当，而作为司令员使者的我们装病唱苦肉计，会让他们意识到，这是真正的一场上当。我们处心积虑的团长真难啊，即使明白何小曼的苦肉计，也必须当她的配角，配合她唱完。

巡回慰问演出结束，我们回到成都，卫生员也结束了随队保健的临时使命。回到门诊部之前，卫生员把何小曼玩的体温计把戏跟多数女兵说了，也跟少数男兵说了。团长始终没有公开证实过这事。我们当时认为，假如团长证实他知道这件事，他也就承认自己姑息甚至利用这种弄虚作假的丑行。所以何小曼的装病事件像一个带毒的传言，流传到一个军区直属机关的每一个科室，流传之深远，我多年后才知道。一九九四年，我的成都怀旧之旅中，碰到一个军区车队司机，自我介绍说他姓蔡，还说二十年前他常看我们演出，当时警卫营、车队、体工队的男兵们都做过"癞蛤蟆想吃天鹅肉"的梦，所以记得所有舞台上"天鹅"的名字。他问，那个造假发烧的小何怎样了？我想，何小曼在中越战场上做了真正的英雄，蔡司机毫无所闻，而她造假的丑闻，他念念不忘。可见团长当年的高明，让那丑闻自己流传，民间的能量比官方大得多，流传中事实会不断获得新的生命，新的营养，越流越肥硕。流传中的何小曼是这样的：飞旋着飞跃着突然就像只折翅的黑天鹅一样坠下，当台栽倒，大幕在她休克的身影前疾落。小车队司机问，当时情景是不是这样？我懒懒地、淡淡地说，记不清了。蔡司机又说，他也用何小曼发明的"高烧法"骗了几次假条，因为车队不批准他复员。后来他给副司令开上了小轿车，提了干，用不着装病了。哦，当年团长的高明我这才全面领会，他怕公开了何小曼的装病法会扩大那法的效应，培养出蔡司机这样一大批装病者！

团长没有揭露真相，但不等于真相不作用于他的决策。团长的决策，就是让何小曼离开文工团，下放野战医院。他跟野战医院打招呼说，把小何同志分配到洗衣班去吧，她需要艰苦锻炼。野战医院比文工团仁慈，只让何小曼在洗衣班洗了一个月的脓血绷带，之后就安排她上了护训班。

根据我后来跟小曼的谈话，我认为小曼在刘峰被处理下放之后，就对我们所有人彻底寒了心。她受够了天生优越的人，受够了郝淑雯、林丁丁。对丁丁，她简直是敌对的。她也受够了在大集体舞里凑数。那年小曼二十一岁，由于刘峰的离开,她开始对自己的身世和周遭世界生出一种厌倦,渐渐地,厌倦化为悲哀。就在我们慰问骑兵团的巡回演出中,骑兵们的遭遇更深化了她的悲哀,无论是骑兵们还是战马们,或是放养了十年军马的知青们,无论是刘峰还是她自己,甚至我们每一个浑浑噩噩挥霍青春的男兵女兵,使她看到的,就是她亲父亲曾教她的屈原诗句:"心不怡之长久兮,忧与愁其相接",于是她悲哀到了拒绝杨老师青睐的程度。杨老师的青睐,实在是迟到的,迟到太久。小战士独舞?对不起,跳不了。当郝淑雯到服装组去传送杨老师厚赏时,她心里是那样一片惨淡。我这才想起,小曼毕竟是个文人的女儿,她那因悲哀而死的文人父亲迟早会在她身上复活。悲哀是文人们对世界爱不起、恨不动的常态心情。郝淑雯带着杨老师厚赏来见到的,正是这样一个满怀悲哀的何小曼,一边织补舞蹈长袜一边在谋划放弃,放弃抗争,放弃我们这个"放逐"了刘峰的集体。她的"发烧"苦肉计本来是拒演,是想以此掐灭自己死透的心里突然复燃的一朵希望。她站在舞台侧幕边,准备飞跃上场时,希望燃遍她的全身。她后来向我承认,是的,人一辈子总得做一回掌上明珠吧,那感觉真好啊。

　　一九九四年的何小曼对我确认,她到服装组织补袜子不是为了"进步"和"向组织靠拢",她是为了躲我们。刘峰离开后,我们,我们全体,是她最不想看见的人。

　　她也承认我猜对了,她就在侧幕边运气、起范儿的瞬间,又被希望腐蚀了。持续装病,是持续被希望腐蚀,人们是可以宠她的,夜里为她端茶端尿,白天为她端饭端水,看来她有希望跟所有人回到同一海拔。七天时间,她被希望腐蚀得那么彻底,真以为她的转机来了。然而在第八天,团长在巡回演出总结会上对我们大家说,今天的会也是个欢送会,何小曼同志很快要下基层锻炼去了,大家欢送她吧,祝她在下一个工作岗位上取得更大成绩。

　　小曼在抛弃我们所有人之前,还是被我们先下手为强地抛弃了。她心知肚明,团长多么铁腕地处理了她的苦肉计。处理了她,也就切断了对他配合苦肉计的责任追究。小曼走了,女兵们少了一个讲坏话的话题,尽管林丁丁说谢天谢地,再也不用看见她用那么小一块毛巾洗澡,面孔擦擦,屁股也擦擦了。有关小曼的坏话还够消费一阵:何小曼能不发出那么大馊味儿吗?一个头长了丁丁三个头的头发!长那么多头发是怎么回事知道吗?是返祖!谁仔细看过她的眉毛,仔细看是跟头发长一块儿的!看见她身上的汗毛没有?就是个毛人!难怪她出起汗来吓死人,泡菜泡藠头泡大蒜的味道,都跟着汗冒出来,所以她一出汗就馊!……

　　小曼走了一年了,我们对她的歧视、迫害还在缺席进行,直到中越前线爆发战事,有关她的坏话才归于沉寂。

刘峰伤好之后，谢绝了一切英模会的邀请。早在二十岁的时候，他把一辈子的英模会都开完了。他早就完成了做英模的份额，超额的一大堆英名都在林丁丁那里一笔勾销。他早看穿英名是不作数的，不能用来兑换真情和幸福。至于他怎样受伤，怎样差点送命，他跟谁都不想说。他的伤虽然在小臂上，但弹片炸穿了动脉血管，他用绷带扎紧伤口止血，可仍然不能完全止住。对救护车的期盼和等待是他一生最长最苦的等待，比等待林丁丁入党，等待她的预备期通过之后好跟她求爱更长更苦。救护车始终没被等来，等来的是一辆运送给养弹药的卡车。假如不是驾驶员迷路，没人会发现昏迷在路边草丛里的刘峰。驾驶员先看见的是地上蠕动的一道赭红，三寸宽，再细看，驾驶员头发全立起来。那道赭红居然是由密密匝匝的红蚁组成，千百万红蚁正十万火急地向路边草丛挺进。接下去，驾驶员便发现了被红蚁覆盖的一具人体。人还活着，军装四个兜，还是个当官的，军帽里子上写着名字：刘峰，血型A。是这个叫刘峰的残肢引起了红蚁总动员，伤口不断涌出的血引起红蚁横跨公路的大迁移。驾驶员再往山坡上看，另一路红蚁也在喜洋洋地不断拥来；整个红蚁王国都搬迁来了。路面上一个巨大的弹坑里积蓄着清晨的雨水，驾驶员把刘峰拖到弹坑里，三四尺深的水面上很快漂起厚厚一层红蚁。

刘峰同时也被冷水激醒。

　　驾驶员告诉刘峰,他已经失血过多,再不及时止血命就没了。这是个典型的汽车兵,冲锋枪拍打着屁股,一开口便咋呼,从打开的军装领口露出半个胸脯。刘峰说不出话来,太冷了,过度失血和弹坑的冷水让他牙关松不开。知道野战医院包扎所的帐篷在哪吗? 刘峰点点头,他送过排里好几个伤员去那里。刘峰的点头,实际上就是眨了眨眼皮。亚热带的早春使刘峰经历了最严酷的寒冷,山东老家的冬天也没把他冷成这样。驾驶员把他搬进驾驶室,用自己的急救包给他再次包扎一番,不久新绷带还是被血泡了。驾驶员问他能不能指路,卡车会尽快把他拉到包扎所。他又点点头。这次好了点,体温和力气回来了一些。驾驶员一面启动卡车,一面咋咋呼呼地说话,他怕伤员再次昏迷,那就很难再醒过来。从驾驶员的咋呼里,刘峰明白他是运送弹药和给养给××团。正配合兄弟部队打穿插的××团弹尽粮绝,进攻撤退都不可能,被迫退到一个煤矿里。

　　这是个三岔路口,驾驶员问刘峰,哪条路通往包扎所。刘峰下巴向左边一歪。驾驶员问他,路有多远,刘峰说不远,最多五公里。驾驶室的温度和驾驶员的咋呼使刘峰松开了咬紧的牙关。路面上净是水洼,卡车走得乘风破浪,每一次颠簸,驾驶员就是一句"日你先人"。五公里路走得像五十公里,到了目的地,驾驶员看见一座十多米高的煤山和一个半塌矿井口。驾驶员跳出驾驶室就破口大叫："担架员！护士！抬人喽！"

在场的所有中国士兵都瞪着他。

驾驶员又叫："狗日医生呢？人都要死球了，咋不动呢?！"

此刻士兵们回答了："哪来的护士医生？这是××团××营！"

"你们就是××营?！"

士兵们七嘴八舌，说他们一直在等汽车连送弹药给养，吃完最后一块压缩干粮是四十几个小时前了，从嗓子到肠子都让煤坑的水给喝黑了！

教导员上来，问驾驶员怎么了，是不是走错了地方。驾驶员傻了，拇指戳了戳身后的驾驶室，说那个叫刘峰的家伙带路把他带到这里的，本来他让他带路去包扎所的，看来带对了地方，不过也带错了地方，现在再往包扎所赶，不晓得赶得赢不。驾驶员催促士兵们赶紧卸弹药箱和压缩饼干，卡车还要抓紧时间送伤员到包扎所急救，不然他还真要血流干死个球的！他一边跟士兵们咋呼他今天如何见了鬼，先是红蚂蚁带路，把他带到伤员跟前，伤员本来该带路去包扎所，歪打正着地把他带到这里来了。卸货的士兵们往驾驶室里一看，其中一个认出里面垂死的伤号，说："好像是工兵营的！"

教导员认识刘峰,证实说,是工兵营一连三排排副。教导员拍着车窗玻璃呼唤:"老刘！老刘！"

对基层部队干部间的尊称"老刘",伤员毫无反应,被晒得黝黑的脸仍然光洁,看上去不到二十岁,印堂和颧骨浮着不祥的灰白,眼皮几乎透明,像将死的禽类。

教导员明白,这个姓刘的排副是活不成了,他用他救助自己生命最关键的几十分钟故意给驾驶员"带错了路",现在弹药给养是送到了地方,但去包扎所来不及了。于是教导员带领全营士兵给昏死的刘峰敬了个礼。

我不知道当时刘峰那么做是不是不想活了。用他的命带路,必要,似乎也不必要。刘峰等候救护车的岔路口离包扎所不到七公里,假如驾驶员先把他送进急救帐篷,再掉头给××团送炸弹给养区别也就是三四十分钟,几百个弹尽粮绝的军人无非延长三四十分钟的弹尽粮绝。没错,那三四十分钟里,有遭遇敌人袭击的可能,也有太平无事的可能。事后看,确实太平无事;××团的无线电被炸毁,稀里糊涂脱离了作战,此后的两天都没有卷入战事。我也不知道,刘峰选择冒死帮驾驶员送给养弹药,是他高贵人格所致,还是想创造一个英雄故事。也许他跟何小曼一样,潜意识里也存在着求死的愿望。这个秘密愿望是在林丁丁叫喊"救命啊！"的刹那开始萌生。也许晚一些,那念头萌生在我们全体对他反目的时候。本来郝淑雯要林丁丁保证，绝不出卖刘峰，但到了后来，刘峰反正已经落水，不参加人群痛打他几下说不过去，会得罪多数。所以郝淑雯也参加了痛打刘峰的集体。本来嘛，集体痛打个什么，人也好，狗也好，都是一种宣泄，也都是一种狂欢。

刘峰在那个卡车驾驶员发疯一样开着车往包扎所赶的时候，心里是狠狠的，赶吧，赶不及了，你赶不过我动脉漏出的血。卡车被开进一个个弹坑水洼，泥水溅到两侧车门的玻璃上，刘峰被惊醒。驾驶员见他醒来，咋呼带出哭腔："你个鼻子！你诓老子！你不想活，你莫要死在老子的车上嘛！"刘峰露出得逞的微笑：这就是他要的，他的死将创造一个英雄故事，这故事会流传得很远，会被谱成曲，填上词，写成歌，流行到一个女歌手的歌本上，那个生有甜美歌喉的林丁丁最终不得不歌唱它，不自禁地在歌唱时想到他，想到他的死跟她是有关系的，有着细细一根纤毫的关系，但她脱离不了那关系。夏夜，那一记触摸，就是他二十六岁一生的全部情史，你还叫"救命"？最终送命的是我。在卡车狂奔发出快散架的声音中，他称心如意地看着泥浆在玻璃上溅着礼花。他的生命将要谱写的这个英雄故事，以及这故事将要谱写的英雄颂歌，让所有痛斥他的人都会高唱。你们翻脸翻得真快呀，昨天还那么拥戴我，在选举雷锋标兵的会上，只见一片齐刷刷的手臂竖起的青纱帐，眨眼间就是一片齐刷刷的拳头："刘峰,表面上雷锋,思想是个垃圾堆!"我用死来让你们亏欠,让你们负罪。让你们跟林丁丁一样,心底最深处明白,这一笔命债是怎么欠下的。刘峰想到这里,看着被泥浆彻底弄浑的玻璃窗,心满意足地闭上眼睛。

刘峰被送到包扎所已经是深度昏迷。驾驶员此刻对刘峰已经形成英雄崇拜情结,为他献出300CC的O型热血。刘峰的事迹是从驾驶员口中传出的。正好军区一个记者在这个包扎所采访,就把事迹写成了报道,叫作《与生命逆行》。

那篇报道和何小曼的报道前后脚见报。我当时还是这行的新手,看了这两篇报道,只觉得哪里不对劲,不是那么回事,可说不出所以然。我遗憾那两篇报道不是我写的,我想我会写得真实一些,脱离我军英雄故事的套路腔调远一些,说的话更像人话,行为也更人类一些。无论如何,我了解的他们,是多出许多层面的。

那种英雄事迹的写法多少要对何小曼突发的精神疾病负责。何小曼在一篇五千字的报告文学里是这么个形象:柔弱而倔强,坚忍而充满理想主义,一副瘦削的铁肩膀把一个重伤员背负了十几公里路,背过山谷河滩,背过蛇蝎横行的丛林,背过敌人出没的村落,从死亡边缘背回人间。何小曼读到这篇报道时不相信那个女主人公是自己。她把经过回想了一遍又一遍,怎么也跟报道不是一回事。大致是这样一个经过:她和另外一个年轻的男性护理员搭乘一辆运输烈士遗体的卡车回包扎所,卡车误入雷区,车被炸毁,驾驶和副驾驶当场牺牲,那个同行的男兵腿部负伤,她搀扶他步行十多里地,途中碰到一个纪录片摄制组,用装载摄制设备的车把他们送回了野战医院。何小曼在搀扶男护士返回的途中,他过度疲劳,走不动了,可是又不敢停留,她确实背过他一小段路,而不是报道里写的那样:背着受伤的战友爬山涉水。那战友十七八岁,典型的四川山民,瘦小结实,怎么也超过一百斤,毙了她她也不可能背着他强行军十几里! 有那么一段路程,她用裹尸布缠住他,一头用绳子系在自己腰上匍匐前进,布很快磨得褴褛不堪,她哭着求他跟她一块爬,最后他们沿着公路的草丛爬行了一两里地,遇上了摄制组的车。

何小曼也认不出报纸上的照片:一个穿着护士白衣的女兵坐在树根上,背后的晾衣绳上飘着若干洁白的床单,夕阳照在她年轻的脸蛋上,她手指尖捏着一枝野花,花瓣似乎挠痒了她的嘴唇。照片上的女护士是好看,好看得跟一首诗似的,那种让人一念就肉麻的诗。照片旁边的一行字为:"战地天使何小曼"。报道刊登后的第二天,她清晨上早班,刚出门就被门对面两棵树上拴着的一条横幅吓回去,惊着了。横幅上的大字说:"响应军区号召,掀起向何小曼同志学习的热潮！"

她退回门内，感觉像遭了伏击。她四岁那年父亲出门，也是看到一条横幅，赶紧退回家门的。那是相反的总动员，动员人们起来打倒"右倾"分子的父亲。他只是睡一夜觉的工夫，人们全动员起来，联合起来，将他打倒了。他好端端地睡觉做梦，人们在外面拉出标语用"右倾"二字伏击了他。小曼跟父亲一样，轻轻把窗打开一条缝，想看看"伏击"她的横幅标语是不是还在那儿，是不是自己刚才看花了眼。确实在那儿，大红底子，金黄大字。她关上窗，真的，她好端端地睡觉，也是让人伏击了。荣誉不能伏击一个人吗？她在屋里转了一圈，又一圈，怎么出门？早班正等着她去上呢，可是见了人该说什么，该拿出什么姿态和神态？一个被众人"学习"的人该是什么样子？

十分钟后，正在扫院子和跑操的年轻护理员们看见的何护士，跟昨天是不一样的：黑色半高跟皮鞋，白底带天蓝点点的衬衫，蓝色军服裙刚达到膝盖上。头发最精彩，在脑后堆了一个丰厚的大发髻，把后脑勺和脖子的线条拉长了，山沟里的人用他们的褒义词形容这头发："洋气。"门口的横幅大标语把小曼吓回去之后，她用于抵御的方法就是把自己装扮起来。标语上的何小曼似乎不是她，跟报纸刊登的大照片上那个"天使"一样，是另一个人，她的一番装扮，似乎在往那个人靠拢。她花了十多分钟收拾她的头发，那曾经被弟弟揪被叫作"屎橛子"的粗黑头发,她把那一堆浓厚得曾令我们质疑的头发在脑后盘起,又在脸上擦一层极薄的粉,再把嘴唇点上一层谁也察觉不出的颜色,然后她瞪着脸盆架上的小镜子,看里面的脸孔是不是像那另一个人?是不是跟报纸上的照片靠近了些?接下去是选择服装。她一共两件便衣衬衫,一件纯白色,一件带蓝点儿。带蓝点儿那件是跟丈夫结婚时买的,结婚合影里她穿的就是它。结婚合影里的她也不像她,像天下所有为嫁人而嫁人的新娘,一生过到头才发现,就在结婚照上鲜亮过幸福过。她的半高跟丁字形黑皮鞋也是结婚照的行头,穿上它们她就一米六零了,总不能让向你学习的人失望。报纸照片上的"天使"何小曼虽是坐着,但两条腿摆成了舞姿,显得十分修长,于是整个人看上去就高挑许多,起码一米六五,不及郝淑雯至少跟林丁丁一般高矮。她把军服裙的裙腰往上提了一截,裙摆下的腿露得多一些,她深知自己就这双腿最值得招摇。

自从何小曼救了那个男护理员,包扎所宣传股就预感到,不起眼的何护士将是块做英雄文章的好材料,必须把何护士保护起来,不能再把她留在前线。就这样,刚参加了一个礼拜战争的何小曼被送回了川滇交界山沟里的医院院部。说起来,何小曼拯救战友的事迹比她人先到达,等她从火车上下来,政治部主任已经带着两名军区报纸的记者来迎接她了。

她一路小跑，大叶桉树夹出的甬道两边，全拉起红底金字的横幅大标语，标语上全是她的名字，她的名字前面全是赞美词：英雄护士，救死扶伤的天使，白求恩式的白衣战士……她越走越急，被子弹追着似的，幸亏院部的人跟她不熟，一时还没有把她的模样和名字对上号。她觉得心脏在喉咙口跳，在太阳穴上跳，手指尖、眼皮上、睫毛尖到处传导着心脏的跳动。父亲曾经从白底黑字的标语丛中，也是这样跑，被子弹追着一样。她跑到护士值班室门口，推开门便说："对不起，我迟到了！"

护士值班室坐了五六个人，见了她一起从凳子椅子上站起来。她又遭到了伏击。人们伸出双手跟她握手。她还是那句话，对不起，迟到了。五六个人都说不迟不迟，我们都在等你。

她想，怎么不迟呢？她当了两年护士，从来没迟到过一分钟。现在迟了二十分钟了，让夜班护士替她多值了二十分钟的班，头上的发髻，脚上的半高跟，脸上的薄粉，身上的衬衫，她生怕他们看出来，那迟到的二十分钟被她用去做什么了。五六个人中的一个是医院政治部的，就是几天前到火车站迎接她的年轻的政治部主任。

年轻的政治部主任向她介绍另外几个来客，都是省里新闻单位的，希望能邀请何护士到省里的学校和机关去做报告。何小曼感觉每个人的目光都过分地亮,都在给她打追光,而她却拼命地在想台词。她大概是说了句什么词儿,因为五六个人马上都做出反应,说她"太谦虚"。年轻的主任叫她小何,说小何今天就不上班了,啊?回去准备准备吧,啊?明天一早的火车,成昆特快。年轻的政治部主任官腔够老成。等到省里来的人离开,主任从口袋里摸出一沓稿纸塞在她手里:"这是做报告的稿子,都给你准备好了。"

好了,提词儿的来了。

何小曼用了一整天时间排练稿纸上的台词。稿子是有关她在"背着受重伤的战友向着生命的岸爬去"时的心理活动,说她多少次地动摇、绝望、恐惧,有那么一刹那,自私和贪生的闪念出现了,她甚至想到一个人逃生,但看着战友的无助,听见他因伤痛而发出的呻吟,她战胜了那个自私贪生的自我。这稿子,只能当台词念。

战斗英雄报告团只有何小曼一个女兵,真正的一颗掌上明珠。她和所有报告团成员一样,军装的前胸没一块地方闲着,军功章、纪念章,还有一朵比她脸盘还大的丝绸光荣花。所有英雄都被打扮得可以坐进花轿。火车站的高音喇叭在唱《再见吧妈妈》,火车车厢里还是《再见吧妈妈》,到了成都大马路上,听的看的呼吸的都是《再见吧妈妈》。何小曼上前线之前没跟妈妈再见,她跟妈妈最后一次说再见是一年前的长途电话上。长途电话是母亲打来的,叫她为继父买一种藏药。那次"再见！妈妈"之后，她决心再也不见了。

"军号已吹响，钢枪已擦亮，行装已背好，部队要出发。"

对出征的战士，母亲象征了太多太多。空气里全是《再见吧妈妈》的歌声，我想象小曼的心是如何的空，那是母亲的位置空出来之后的空。戴着大红光荣花的小曼，坐在战斗英雄的主席台上，她是否恍若隔世地想起我们那段朝夕相处的青春？是否想起我们共有的那些不上台面的小毛病？女兵们无论私下还是公开地吃零食，或者是零食大会餐，各自把五湖四海的零食集中起来，很少有人请何小曼的客。小曼之所以把馒头掰成小块儿，用纸包起来，一点点地吃，是因为那样她就也有零食吃了。

"你不要悄悄地流泪，你不要把儿牵挂……"

谁会悄悄流泪？小曼有的是让女儿悄悄流泪的母亲。

小曼在接受少先队员鲜花，接受全国老百姓赠送的成堆的糖果糕点牛肉干时，是否想起那特有的食品包装的窸窸窣窣？那时她听见同屋女兵抽屉里响起塑料袋或油纸包的声音，就会赶紧回避，拿起暖壶装着出去打水，或者端起脸盆假装出去洗衣服。她怕别人相互请客吃零食不请她，却也更怕请她，因为她没法回请。成都恶劣的副食在全国是很有名气的，所有女兵都指望后方的家长们建立由北京、上海至成都的零食运输线，通过邮局和列车上的熟人，抑或出差探亲的战友来保障运输通畅。小曼想到一个办法：从她这一头起始来建立这条运输线。一次乐队指挥去上海抄总谱，何小曼花了半年的薪金节余，买了条西藏出品的毛毯，托指挥带给她母亲。她相信母亲收到毛毯会跟她礼尚往来的，会托指挥带些回赠给她，这条运输线就算开始通行，以后也会一直运营下去了。乐队指挥从上海回来，何小曼得到的就是一封信，母亲在信上为女儿的孝心感动，孝心领了，但提醒她西藏的毛纺品到底粗了点，以后不要再上当了。

"你不要悄悄地流泪，你不要把儿牵挂……"

假设这嘱咐是儿子向母亲发出的，被嘱咐的一定是亲妈，嫁给继父的母亲就不再是亲妈。母亲也许会悄悄流泪，但同时庆幸不必再把小曼牵挂。小曼远行三千里，母亲为她梳了那样难以拆散的发辫，就是把所有牵挂一劳永逸地给予了，从此可以释怀。

"假如我在战斗中光荣牺牲，你会看到盛开的茶花。"

什么伦理？什么逻辑？假如茶花盛开就意味着儿子没了，亲妈们宁愿天下没有山茶树！

歌里的儿子无比抒情浪漫，向亲妈做善后交代："啊……啊……啊……啊……山茶花会陪伴着妈妈！"

假如小曼在拖着那个男护理员回包扎所的途中光荣了，换成山茶花陪伴母亲，母亲答应吗？也许母亲宁可山茶花陪伴；少了小曼，母亲的家庭便完整了：老革命丈夫，儿女双全，山茶花替代了小曼，无语无欲地陪伴，点缀装点地陪伴，母亲的心从此解放了，自由了，不需要再在复杂的人物关系中来回变形了。啊……啊……啊……啊……再见吧妈妈！有没有山茶花陪伴，小曼反正是早已再见了妈妈。

应该说年轻的政治部主任颇有才华，把战地天使的心理活动杜撰得催人泪下，坐在大礼堂里的中学生们哭了。坐在最前排的几个女孩哭得呜呜的。小曼是不会哭的，有人疼的女孩子才会哭。她在跟母亲单方面永别时都没有一颗泪珠。她合上演讲稿，也合上一九七七年那个春天。杨花似雪的春天下午，她收到母亲的信，说有个叔叔将到成都出差，她请他为小曼带了些上海的零食。小曼在大门口从叔叔手里接过一个大网兜时眼泪几乎流下来，那是她替母亲屈出来的眼泪，她错怪了母亲而母亲不计较她，她为此而生出泪来。她是怎样跑回宿舍的？她是怎样在跑回宿舍的沿途邀请每一个人的？"来吃吧！我妈给我带好吃的来了！"女兵们出于好奇，朝她正在拆散的纸包里张望，最后看见的是一堆小袋包装的盐津枣，用切碎的橘子皮腌制晒干，不雅别号叫"鼻屎"，两分钱一袋，那一堆一百袋是不止的，一粒一粒地吃，母爱可以品味到母亲辞世。那么大个网兜还装着什么？一个塑料油桶，一个信封，信封里有一封信和一沓全国粮票。母亲听说四川黑市活跃，全国粮票可以换到炒菜油,她要女儿替她做一次黑市交易。小曼看着堆成一座小山的盐津枣,才明白如此廉价的零食也是不能白吃的,这是母亲给她做黑市交易的报酬。

那一次我们所有人收起了刻薄,在小曼可怜巴巴邀请我们分享盐津枣时,都上去拿了一袋。小曼还是满足了母亲,粮票换菜油成交了。那个叔叔来取菜油的那天,小曼委托同屋的女兵代交,自己假托去门诊部做腰部理疗。实际上她哪里也没去,就站在公共厕所里,从砖头垒砌的空隙看到叔叔拎着满满一桶菜油,以那种圆满完成任务的轻快脚步走过去。

那以后,我们记忆里的何小曼更沉默,更溜边,不再像过去那样,当我们提起母亲时她会突然兴奋,会把她母亲吹嘘成一个大明星:她母亲在时髦的上海人里风头也是足的,一件黑丝绒西装,一根雪白纱巾,走在马路上,没有人不看的! 那件黑丝绒西装多少次给邻居借去做样子,裁剪出来,穿在她们身上就是不对,没有她母亲的腰身啊! 为了让大家信服,她还会拿出一张一寸小照片,是两个女人的合影,小曼指着上下两张从画框外斜着伸进画面的脸蛋让大家猜,哪个是她母亲。没等人开始猜,她便咯咯地笑着说,两个都是,她母亲年轻时,上海照相馆里时兴过这种噱头,一个人扮成两个人。背后我们说,也就那么回事儿嘛,好像我们没见识过美人儿似的!

黑市交易成功，母亲对女儿的交易本领有了把握，紧接着给小曼打了个长途电话，派下来又一桩交易。母亲听说成都的少数民族商店卖一种藏药，可以滋补老年男性，但没有少数民族身份却买不来，小曼曾跟母亲说到过团里招收了一个藏族歌唱家，是否可以麻烦歌唱家，把她的少数民族身份证借用一下？小曼简短地告诉母亲，藏族歌唱家早回西藏了，试用期都没满就走了。母亲说："真的?！怎么会呢?!"小曼懒得跟她解释，藏族歌唱家因为受到美声发声训练而失去了原来的好嗓音，被团里退了兵。她只是说："妈妈再见!"就挂了电话。她站在电话机旁边，手搭在话筒上，站了很久，为了让自己感受孤儿的独立自由、无牵无挂。二十多岁做孤儿，有点儿嫌晚，不过到底是做上了，感觉真好，有选择地做个孤儿，比没选择地做拖油瓶要好得多。

"假如我从战场上胜利归来，再来看望亲爱的妈妈……"

歌里的儿子不会懂得世上还有小曼这样的女儿，因为他无法想象世上会有她那样的母亲。

一九七九年四月的这天，何小曼是太阳，四周簇拥着多少向日葵一般灿烂的年轻小脸！也就是他们这样的年华吧？她带着母亲给她梳的两根"法国辫子"，投奔三千里外的新生活。她那么不舍得拆散辫子，最后它们竟然拆不散，竟然只能被剪断。"剪断"最不麻烦，是更好的持续，父亲不也是选择剪断？剪断的是他自己的生命，剪断的是事物和人物关系向着丑恶变化的可能性。她在一个个笔记本上签名，她的名字就剩了两个字："小曼"。剪断了呀，她难道不该给自己一份无需从属的自由？她笔下流动着"小曼""小曼""小曼"，父亲给予她的，她从母亲手里收回了，把不属于她的还给了母亲和继父，她不需要那个"何"字，何小曼？何为小曼？何人的小曼？小曼只能是她自己，是自己的。

小曼每天要接受多少崇拜！把我们给她的欺凌和侮辱千百倍地抵消，负负得正，而正正呢？也会相互抵消吗？太多的赞美，太多的光荣，全摞在一块儿，你们不能匀点给我吗？旱就旱死，涝就涝死……小曼签名签得手都要残了，汗顺着前胸后背太阳穴淋漓，是不是又在发馊？肯定是馊了。报纸上的大照片上的，哪能是她小曼？只能是另一个人，看去那么凉爽清冽。而小曼动不动就被汗泡了，被汗沤馊了，馊得发臭。她开始摆脱人们，向人群外面突围，签字的奖品钢笔也不要了。几条胳膊拉住她，还有我，还有我，您还没给我签呢！所有的年轻小脸都凑到她身上了，别忘了，你们过去可是不要触摸我的！

这天晚上，她回到军区第一招待所，门岗叫住她，递给她一封电报。被她永别了的母亲，居然要来看她。夜里，小曼躺在这家高干招待所的席梦思床上，想着一个问题，是她变成了另一个人，还是世界变成了另一个世界，人群变成了另一个人群？或是母亲变成了另一个母亲，由疏变亲由老变小,变回那个接受了父亲千般爱抚而孕育了她的亲妈?还是把她变回了一个生命新芽,在亲妈子宫里回炉,然后以新名分问世? 她分明有了新名分,只是个不适合她、让她不好意思、不敢当的新名分,因为她没有亲妈为她回炉。早晨,她在《再见吧妈妈》的歌声里惊醒,感到过分饱胀,满肚子都是《再见吧妈妈》的歌词,无法消化,也无法呕吐。她还觉得胸闷窒息,气管里肺里都是那歌声,她不能变成山茶花去陪伴妈妈,她不能变成任何人,她还要做她自己,哪怕受人歧视,招人嫌恶,还是要做她自己,除了母亲的子宫给她回炉。

我后来遇到刘峰,听说小曼突发精神分裂,就去了她住院的军区总医院精神科打听。那时她已经被转入更加专业的精神疾病医院——重庆歌乐山医院。我听说的是这样的情景:那天早上,"战地天使"何小曼打开窗户对楼下跑操的人们叫喊:"停! 让他停! 别唱了!"

所有跑操的人、扫院子的人都停下来,看着她。她的头发蓬得像一个超大的黑色蒲公英。

"停! 别唱了!"她对着天地中的歌声嘶喊。

服务员打开她的房门,讲稿被撕碎了,成了雪片,把她脚下的地板下白了。她对服务员说:"我不是战斗英雄,我离英雄差得太远了。"

她一直咕哝这几句话，上午的报告会只能取消。下午招待所来了个中年女子，说是从上海来，来看她的女儿何小曼。女人左手拎一个旅行箱，右手拎一个网兜，网兜的内容人们是看得见的：一个金属的大饼干筒，一个大糖盒，都金光灿烂，在成都人看来，光是空盒子空筒就价值连城。网袋里还装着一大串香蕉，成都人早忘了香蕉长什么样了。女人个子不高，不过被手里辎重坠得更矮。服务员跟女人说，她女儿今天到现在还把自己锁在屋里，插着门，谁也进不去。

　　女人跟着服务员来到那个房间的门口，服务员试着轻轻敲门，没人应声。此房间朝南，大好的光线把一双鞋的两个半高跟影子投射在门缝下，屋里的人显然背贴着门站着，而怎么敲门、叫门，那双脚就是一动不动。

　　中年女人推开服务员，对着门缝轻声呼唤："小曼，开门啊，妈妈来看你了。"

　　门里有了点声音，皮鞋底和地板在摩擦。门内的人在转身，从背靠着门转成面对着门。

　　"曼曼！开门呀！"

　　换了的称呼使门里的人拔掉了门栓。

　　"曼曼！"

　　门开了，何小曼容光焕发，新军装新帽子，胸前别满军功章纪念章，肩膀上斜挎着一根红色绸带，绸带中央是个大绣球，简直就是个年轻的女元帅。她眼里也是英雄照片里那种直面未来永垂不朽的目光。中年女人往后退缩一步，用服务员的半个身体做她的掩体，先看看这个年轻女元帅怎么了？明明活着，怎么就进入了这种永垂不朽的状态？

此刻她听见小曼诚恳地低语："我离英雄差太远。我不是你们找的人……"

她就这样从母亲和服务员面前走出门，沿着走廊往前走，只有这一句话："我离英雄差得太远……"

她就那样下了楼，在《再见吧妈妈》的歌声里走进了大太阳底下。中年女人恍过神来，这真是她的女儿何小曼。她跟着奔跑下楼，网兜里的饼干筒糖盒子也一路敲锣打鼓。

何小曼在招待所院子里被警卫战士拉住，因为一辆首长的轿车从楼后过来，差点把她撞倒。首长的轿车不撞她就要撞围墙。何小曼的母亲这时发出一声哀号，两手捂住眼睛。她以为女儿没有牺牲在前线，而牺牲在首长车轮下了。首长却落下车窗玻璃，大声呵斥："疯了啊？往哪儿撞?!"

当看见小曼浑身徽章、光荣花、彩带，是个女英雄，首长不吭气了。首长从轿车里下来，看出什么端倪来，问小曼："小妮子，你怎么了？"

小曼脸上是一个天使的微笑。

何小曼在精神科住院的一年，就一直带着这样的天使微笑，无忧无虑的，亲和善意的，似乎对自己被拘禁在极有限的活动空间，每天一把一把地吞食药片毫无意见。也似乎精神科就是她的天堂。住进医院的第五天，年轻的政治部主任来了，对于他，何小曼神态中没有任何记忆的痕迹。就像对她的母亲，她既不表示亲熟，也不显得陌生。年轻的政治部主任是带着噩耗来的，但他见到何小曼之后，把裤袋里的电报又揣了回去。电报告诉小曼，她新婚不久的丈夫阵亡了。

　　小曼知道丈夫牺牲是一年以后。那时她的病情稍微好转。消息是由她的主治大夫转告的，因为烈士遗物、存款以及抚恤金之类，一堆表格，需要烈士遗孀签字。没有小曼的签字，烈士在老家的父母无法享受儿子以生命给他们换取的微薄好处。主治大夫是小曼最信赖的人，当他把发生在一年前的噩耗告诉小曼时，小曼接受得很平静。大夫怀疑她是否听懂了，但第二天他确信她懂了，因为在她的病床边，放着一张二寸照片，还在漱口缸子里插了一把草地上采来的金黄色野花：那种除草剂都除不净的蒲公英花。二寸的结婚照上，小曼和丈夫似乎还生疏，笑容都有些不好意思。那个曾经受过小曼护理的排长，黑瘦的脸，眼睛很亮，但眼神呆板。小曼曾经过失望的沧海，遇见第一个岛屿，就登陆了。

我调到北京之后的第六年，一天，我那间兼做卧室、客厅、饭厅、创作室的房门被人轻轻叩响。打开门，来客竟是林丁丁。丁丁穿着军裤，上衣是件红格子外套，脑门光光的，细细一根马尾辫显得跟她年龄身份不符，那轻微的谢顶要由这揪得太紧的马尾负责。她样子变了很多，但我还是一眼认出了她。她笑笑，尖酸我说，现在是大作家了嘛，都把她小老百姓给忘了。她走进来，打量着由于淤塞太多书而歪斜的书柜，又去看写字台，只有两个胳膊肘的空间，左右都堆着纸张，大摞的手稿埋在薄薄的灰尘下，我看起来像是被全体老百姓们忘了。她打量着这些说，听人说我出了两本书，还得了什么奖，想来看看我能不能把她的故事也写写。我心想，她这么得劲的人，还会有故事？最精彩的故事该是刘峰那一段，偏偏她就那样让它断掉了。我拿起盘子和碗，楼下就是食堂，午饭的味道都飘上楼来。我问她是否愿意跟我去食堂，因为好菜去晚了就没份了。丁丁既没有嫁给摄影干事，也没有嫁给内科医生，最后还是姨妈的大媒，嫁到了北京。听说丈夫是"双料"，老子有地位，自己也有本事。丁丁丈夫是军事科学院的研究生，父亲是个前国民党降将，现任某兵种副司令，海外关系很多。到丁丁出嫁前夕，海外关系加入了优越女孩择偶的条件。

在食堂我跟丁丁开玩笑，说她首长小灶吃惯了，我们这种基层军官食堂的饭食，她会难以下咽。她笑笑。排队到我们了,我指着黑板的菜单,问她想吃什么。她马虎地看一眼,说有辣的就行。多年前见辣的就要哭的丁丁,出了川之后,无辣不餐。丁丁的变化是什么,我突然发现了。她原先的稚气呢?她不知是真是假的憨态呢?过去她一动作起来,手脚就有些不协调,似乎带一点轻微的小儿麻痹后遗症,让人看着微微替她担忧。那些使丁丁之所以为丁丁的特征或者缺陷呢?那就只能有一个解释,那些特征是她的伪装。或者,就是某种致命的事件发生了,给她来了一场脱胎换骨。

她问能不能给她买一个甜面包圈。食堂门口摆着刚出油锅的面包圈,上面撒了一层白糖面。我给了她五角钱饭票,她买了面包圈回来,我们相视一笑,都明白对方笑什么。刘峰曾给她做了多少个甜饼,她肚里还是有条甜品馋虫。

坐下来吃完面包圈,又吃了几口我们食堂著名的清蒸狮子头和尖椒豆干,她开始正经话题了,说我必须为她做主。问她做什么样的主,她似乎还没想好,又往嘴里塞了一口馒头渣比肉多的狮子头。我不催她,她不是个能说会道的人,常把一件事说得逻辑错乱,这方面也给人孩子气的错觉。等我的勺子刮到饭盒底的时候,她咬着调羹把子,眼泪掉下来。此刻有点丁丁的原样了。我说哎,别在这儿,别在这儿,回去你再好好哭。本来我把她带下来吃饭,就不打算

145

带她回去。现在不行了，我不能把一个哭泣的林丁丁撇下。她倒是大方，就在跟别人拼座的大餐桌上越哭越痛。我直朝旁边看，她哭我心虚似的。哭一会她说，王江河要跟她离婚。

王江河就是那个军事科学院的研究生。我问他为什么要跟你离婚。她说因为王家的女儿们都跟她合不来。再问，得到的回答就只有眼泪。倒是同餐桌的人知趣，很快端着饭盆、饭盒走了。我想还是等她哭一阵吧，我有耐心有时间，反正下午写作是不指望了。她哭累了，歇口气，又要我为她做主。我一个副连级创作员，能给她做多大主？ 写文章啊！ 她说，揭露他家仗着高干地位，欺负她这个平民女儿。她还算平民女儿？虽是谢幕歌星，毕竟也让多少优秀男子"癞蛤蟆想吃天鹅肉"过，别人不说，光是刘峰，你若跟他说林丁丁，不就一个平民女儿吗？他一定不答应。

根据丁丁颠三倒四的叙述，我大致梳理出她的婚恋故事。丁丁调到北京是一九八一年夏天，跟王江河正式谈婚论嫁之后。此前王江河到成都度过一个寒假，丁丁也作为他的女朋友，到北京陪他度了一次五一假期。他们一九八二年结婚，林丁丁从此不仅是军事科学院硕士的妻子，更重要的是她成了豪门的儿媳，成了王江河姊妹的嫂子和弟妹，也就成了王家大儿媳的妯娌。王家的大儿媳是另一个兵种司令员的女儿，在全国中学生都光荣插队做知青的年代，她被保送军医大。首先向林丁丁发难的就是她。丁丁在成都是台柱子,到了北京,所有舞台都被全国最有名的台柱子撑起了,她只能在女声小合唱里凑数。一个周末,全家例行的团圆晚餐,王家大儿媳问丁丁,怎么整天吃零食啊?烟灰缸里,字纸篓里,总看见扔着话梅核、糖纸、小胡桃壳。丁丁不好意思了,笑着说文工团女兵都爱吃零食。文工团的人,毛病就是大,因为都闲得长毛,王老大说。丁丁分辩,现在演出越来越少,闲着也不是她的错,是外国电影的错,大家都看外国电影去了呀!王老大媳妇说,我看演出多也没你什么事儿,你不就唱个大合唱吗?丁丁辩驳,小合唱!反正是合唱,大小有什么区别?多一个人少一个人无所谓的吧。此刻王家的小女儿王老四插嘴,就唱三分钟,也得费事儿,涂脂抹粉,吹头发换衣服,何必呢?能不能换个正经工作干干?唱歌跳舞反正不能干一辈子,王江河的姐姐王老二发言了。王老二是大学的政工干部。丁丁能干什么别的呀?王老大的媳妇说,文工团淘汰的人,我们医院宣传科都不要,说他们字认不全,屁股还坐不住!

丁丁告诉我,这时候她才发现,她丈夫王老三是王家最蔫的一个,都不知道为老婆反击一句。私下里丁丁跟他哭,说他的姐妹嫂子都挑剔她,挤对她,王江河说,她们说你别的干不了,你不会干点别的给她们看看?于是丁丁决定读函授大学。嫂子和姐妹们发现,家里的话梅核、糖纸更多

147

了。这次她丈夫来转达她们的埋怨,问她不吃零食会死不会。丁丁说,这就跟他写论文抽烟,他父亲批文件喝浓茶一样,她读书就要吃零食,不然犯困。过了两个月,丁丁放弃了函授大学。因为一些演员组织走穴,她也跟着转了许多城市,挣了几千块钱;重新过上了巡回演出队的生活,她发现这才是她的生活,相互间说的都是共同语言。一年后走穴的组织者淘汰了丁丁。丁丁回到王家,彻底闲下来,客厅的大彩电前面的茶几上,人们经常看见勤务兵把大烟灰缸里的话梅核、胡桃壳、糖纸不断往外倒。又在一次周末晚餐上,王老大的媳妇问起丁丁函授学得怎样了。丁丁支吾,说学得挺好。王老大问,最近该考试了吧?丁丁继续支吾,是啊,该考试了。王副司令插话说,小林啊,函授学完对自己今后有什么打算啊?丁丁笑笑,还没想好。副司令夫人说,以后调到哪里工作,没有一点打算吗?丁丁笑笑,看看自己丈夫,王老三比谁都局外。夫人又说,除了唱唱歌,你觉得你能做什么,丁丁?丁丁开始动脑筋想,如何回答婆婆,当主治大夫的大嫂又开口了,说,这不能怪丁丁,她是让那时代给误了,给毁了,那个时代不就那样?不要文化知识,就要宣传,那十年不就是个宣传大机器整天轰隆轰隆转?阿猫阿狗,只要能吼两嗓子,蹦跶几下就都能在大机器上当个螺丝钉,是吧丁丁?要不怎么叫丁丁呢?妹妹说,大家笑。夫人此刻又说,小林,我们虽然也是高干,不过跟其他高干不一样,我的话你明白吧?丁丁点点头,其实她不明白。夫人的意思是,王副司令是投诚的将军,武人里的文人,不是一般草莽军人,对子女的要求也就不同于草莽将军们。夫人又说,函授学成,千万别以为可以通过首长的关系找工作,我们家首长不同别的首长,首先他不求人,其次他也求不了人,他在什么二野、三野、四野里都没有根底,那些人相互给子女帮忙,都是靠老班底老关系,我们可没有那种老关系,就是有,首长也不会利用。夫人一向称呼将军丈夫首长。大嫂说,妈您就别担心丁丁函授毕业以后的工作分配了,因为丁丁的函授毕业不了,函授课本寄到家来,拆都没拆开,就给当废纸搬出去了。王老大也说,还考试呢?函授年终考试早考完了。他们是有准备有预谋地来揭丁丁老底的。

王老三灰溜溜地从饭桌前跑了。

回到二人世界里,丁丁跟丈夫哭,他说:"你哭什么?我还想哭呢!你就不能干一件让我在家里抬得起头的事儿?!"

我确证了一下,问丁丁,这可是王老三的原话,丁丁说一字不差。她想不通,她怎么就成了个让丈夫抬不起头来的女人。我也在想,我们当年的掌上明珠,刘峰爱了几年才敢触碰一下(还触碰出那么大的后果来)的林丁丁,现在竟让她丈夫连头都抬不起来。她的丈夫王江河在出国读博之前,顶不住家里人的压力,终于跟丁丁离婚了。因为家里人说林丁丁不配去陪读,外语一句不会,又聋又哑,谁陪谁读呢?

丁丁搬出王家小楼之后,来我这里过渡了几天,后来便用她走穴的进项在他们兵部大院租了个房间。她说什么也不回文工团宿舍去住了。被将军家撵出来丢人,是被将军儿子吃掉青春的馅当皮扔出来的,丁丁最了解文工团女兵特有的虚荣,以及她们会如何看待虚荣的牺牲品。我把她请求我写的文章写出来,发表在一个专长于婚恋的女性杂志上。那时"八卦"这词儿还没流传到祖国内地,现在回想那就是内地的八卦先驱者。不久收到由杂志社转来的读者来信。这个读者是郝淑雯。她的信没几行字,说她一直追踪读我的文章,方便的话给她打电话。反正军队电话免费,我当晚把电话要到成都。还是那个极爽的小郝,张口便说:"你写的是林丁丁吧?你以为用个字母当代号别人就看不出来了?我头一眼就看出来了!"

我想,王将军家的人肯定也头一眼就看出来了。我的用意不就是让他们头一眼就看出来吗?

郝淑雯的看法是这样:假如丁丁当时从了刘峰,刘峰就不会被处理下放,也就不会上战场,也就不会残废,领二百八十元残废金给山东老家的梆子剧团看大门。说不定现在刘峰已经是文化科刘副科长,最差也是个组织部刘干事,跟丁丁过上了实惠温馨的小日子，每天拿牛奶接孩子做小灶，刘峰那么能干，做什么都有手艺，大幸福创造不出来，小幸福天天发生，有什么不好呢？学雷锋每年定期到来，刘峰也会光荣几天。都是因为她喊救命，把刘峰给喊到伐木连去了，把刘峰那只手给断送了，现在的刘峰，打沙发的手艺应该更高超娴熟，可是手没了。

郝淑雯最终没有摆脱那个军二流子"表弟"，跟他结了婚，生了个儿子，或者流程反过来，先怀上儿子，才结了婚。一九八三年，军二流子脱了军装，去深圳做买卖，一年就阔起来。我想，做二流子是因为英雄无用武之地而不得已为之，时代也不对，一旦时代对了，他在二流子时期养精蓄锐积累的能量，便得到了正面发挥。原来我以为，在正经事之间游逛就是不干正经事的人，就叫二流子，现在发现人家的游逛就是干正经事的预备期，是给自己的精力和时间做风险投资，身上的不安定因素正是最可贵的开拓闯荡精神。亦或许成功地做生意本身就需要些二流子素质，更可能是社会上的价值观颠倒了，把能挣钱的二流子直接尊为老板。总之郝淑雯的丈夫有一种开拓垦荒者性格，像开垦新大陆的荷兰人、英格兰人、爱尔兰人那样，信念就是"哪里有面包哪里就是祖国"，也像美国的西部开垦者一样，信念就是"假如在你所待的地方待不下去，那么往西走吧"（二流子的例子是往南走）。郝淑雯的丈夫在八十年代是内地到沿海地区的第一批垦荒者，等大家都纳过闷来投入垦荒时，这位丈夫已经做成了电子产品的老板。总公司分公司，一两百员工。郝淑雯那次跟我通电话说，她也要跟她家老板去南方了，人家深圳多先进知道吗？厕所都叫洗手间，洗了手不用往手绢或裤子上擦，往机器下一伸，机器自动给你吹干，几秒钟！

等郝淑雯在南方给我写信时，林丁丁又嫁了人，跟那人出国了。林丁丁请她姨妈再次出山，给她开出对象的条件列单，头一项就是出国人员。她前夫抛弃她，原因是她不具备出国家属的资质，于是她远嫁海外便有一层"哪里摔倒就在哪里站起"的意义。丁丁现任丈夫随家庭移民澳洲，兄弟几个开了几家连锁中国快餐店，丁丁做上了现成的老板娘。

林丁丁出国的时候，已经没多少中国都市人向往出国了，好儿女都是志在南方，都往南方奔，来得及带的只有行李，连家眷都来不及带，道德和法律更被落在后面。没有道德和法律的地方，人人都方便开采第一桶金，但他们比郝淑雯的丈夫，到底晚了一大步。

一九八九年十月，我出差去广州，又转火车，想顺便见识一下正实践中国人致富梦想的深圳。我刚走出火车站，小皮包带子在我肩头火辣了一下，再一看，皮包已在二三十米之外，以时速一百公里速度离我远去。摩托骑侠后座驮了个十来岁的孩子，孩子下手的力道和速度以及惊人的准度,都说明这是他惯常的谋生技巧,开采第一桶金的手段之一。我没了钱,也没了地址,不知怎样寻找郝淑雯家。在马路上流浪一会,找到一个交通警察,由他帮忙找到最近一家派出所,用派出所的电话给郝淑雯家打了电话。二十分钟后,郝淑雯出现在派出所。她由于发福因此显得越发高大,把派出所小小的接待室占得满满。见面她就数落我,怎么不把皮包带子抓紧一点?到深圳来的人谁都知道把皮包背在不靠马路的那一边肩膀上。我心里想,这不是全国人民致富梦想初步实现的地方吗?这就是你郝淑雯说的"先进"?郝淑雯还在用数落表达她对我的慰问和抚恤,说深圳人看见你这种傻头傻脑东张西望的东西,不抢你抢谁?

跟着郝淑雯到了她家。家很大人很少,儿子住寄宿学校,老公常驻海南,海南又成了垦荒者们的西部。深圳对于郝淑雯的老公,已经不再是冒险家的乐园,他的开拓和闯荡精神又变成了不安定因素。

在郝淑雯家住下的日子,我发现跟她谈当下谈未来都没了话题,我们只能谈过去。过去那些人和事,重复地谈,重复地笑,谈多了,故事都走了样。记忆本身也是活的,有它自己的生命和成长,故事存在那里面,跟着一块活,一块成长,于是就都不是原来的模样了。可是谁又能保证事情原来的模样就是它的真相?比如何小曼的精神分裂,病发时她反复念叨的一句话就是"我离英雄还差得很远",似乎是心灵遭压迫太久，荣誉来得太突然太猛烈，她喜极而崩溃，是乐疯的，但我觉得这不一定是事物的全部真相，可能只是一小部分真相。小曼成长为人的根，多么丰富繁杂，多么细密曲折，埋在怎样深和广的黑暗秘密中，想一想就觉得无望梳理清晰。我写下的有关她的故事，只能凭想象，只能靠我天生爱编撰故事的习性；我有个对事实不老实记忆的脑子，要我怎么办？只能编。我和郝淑雯成天成宿地谈我们谈过无数遍的人和事，谁也不指出对方对事实的不忠实。刘峰被我们谈一次就变一点样。郝淑雯告诉我，她在海口见到了刘峰，请他吃过一顿饭，借过钱给他。原来刘峰也到南方来了，做盗版图书生意。我想，既然军二流子都能摇身一变而成为老板，刘峰生性勤恳，只剩的一只手做手艺活困难，但做生意应该不耽误。让我不适的是，我们写书的知道写书挣钱不易，做盗版书生意跟摩托上的孩子抢我皮包，大致一回事。

　　根据郝淑雯对刘峰的描述，我对八十年代末的刘峰是这样想象的：刘峰在书商手里批发图书，再单手驾驶三轮小卡车，把书送到各个摊点。他碰到郝淑雯那天，正好在白沙门公园门口的最大摊点被查封。一个专门翻译外国色情小说的翻译家到海口旅游，同一天在农贸水产市场、服装市场、立交桥下、发廊聚集的街道发现了他译作的盗版。翻译家举报给城管，城管收缴了书摊上的书籍以及刘峰运书的三轮小卡车。刘峰跟郝淑雯本来不该碰上的,两人的社会相隔无数层次。假如那天刘峰不去找城管头头讨要他的三轮卡车的话,假如那天郝淑雯不是到同一条街上的俱乐部去找打牌打了两天两夜的丈夫的话,假如刘峰不是在俱乐部对面等待城管头头从洗浴房出浴的话,假如不是郝淑雯的老公打发她回家取现金付赌债的话,假如不是刘峰等绝望了跟拦阻他的洗浴房门卫大声争起来的话,他们俩都不会碰面,就是擦肩而过也会错过去。刘峰的山东口音普通话是我们所有人耳熟能详的。那口音给我们做过多少次思想工作,向我们多少次地转达团支部提出的"不足",多少次指出改进的"希望",多少次对我们说"人家何小曼咋了?洗脸洗澡用一块毛巾咋啦?身上有汗味儿咋啦?你们咋就看不惯人家,老欺负人家呢?"多少次的毯子功课堂上那口音冲着助跑起范儿的我们低吼:"预备——走!——好嘞!"就是刘峰不在了,他的嗓音都还会在我们记忆里活下去。因为我们在刘峰离开我们后才逐步明白,那嗓音那口音发自一颗多么老实巴交淳朴善良的心底。郝淑雯是循着山东口音看见刘峰的。刘峰身上一件翻领短袖衫,胸前带几道彩色杠杠,把他原本发达的胸大肌撑得更雄厚。洗浴房大门外的灯光下,刘峰的一只假臂很明显。等郝淑雯过了马路,看到那假臂的塑料质地已老化,一个小洞眼就在肘部,像是香烟头烫的。郝淑雯眼睛一热,叫了刘峰一声。刘峰转过

155

身，看着富态高大的女人，笑了笑，"小郝。"他好像一点也不吃惊。

这天郝淑雯急着回家取钱救老公的驾，刘峰也不在重聚的状态上，两人留下了各自手机号码就匆匆分了手。第二天郝淑雯打电话约刘峰到一个酒店的餐厅饮茶，刘峰还是前一天的装束，但翻领短袖衫被洗过也熨得很挺。在文工团时，刘峰就会用铝饭盒装开水熨烫军装。郝淑雯注意到他的短袖衫胸前有鳄鱼 logo，她还注意到，他牙齿不如过去白和整齐。生活的档次首先从牙齿的健康体现。他从老家来到海口三四年了，是一个老战友鼓动他南下的，老战友跟他一块上过前线，先他一步闯荡海南，说南方机会多。

郝淑雯问："那你觉得机会多吗？"

刘峰笑笑。接下去他才把前一天卡车被城管收缴的事说出来。这是他买的第三辆三轮卡。城管把收缴的各种车卖到黑市，以此赚外快。我们都知道刘峰在老家成了亲，妻子是长途汽车上的售票员，有一个女儿。郝淑雯问刘峰，老婆孩子是不是跟他到海口了，他说妻子跟别人跑了，他到海口的第一年，妻子就提出离婚。长途汽车上认识男人的机会多，哪怕其他条件不如刘峰，至少四肢齐全。

"那你现在单身？"

刘峰含混地笑笑，说就算吧。

郝淑雯于是明白他不是完全单身，闯海南的男人哪能彻底单身？那么多"大胆地往前走"的"妹妹"也不答应。走出这家餐厅，天一黑路灯下都站着全国各地大胆走来的妹妹。刘峰的卖书生意还要靠那些发廊的妹妹们眷顾。刘峰由于做书的买卖，不得不读一些进货出货的书，因此也常常会推荐些意义高尚些的书给妹妹们看。而且意义稍微高尚的书也最难出手，一两块钱一本也卖不出去，他就把这类书借给妹妹们看，还劝她们，发廊饭吃不长，读了书将来可以找正经饭碗。郝淑雯听到这里哈哈大笑，刘峰混成这样还不忘了做雷锋。她说她的地产开发商丈夫都骂海南钱难挣，你刘峰怎么挣得着钱？刘峰说他就一个女儿和一个老妈，挣的钱寄回老家还是经用的，养得活她们。那一顿饮茶还是快活的，除了提到丁丁的那一瞬。郝淑雯告诉刘峰，丁丁第二次结婚，嫁到澳大利亚去了，新买了一辆本田轿车，刚给她写过一封信，她在皮包里翻，要把丁丁的照片翻出来给刘峰看，刚找到丁丁的相片，嘴里还在嘟哝说丁丁不知怎么会买一辆土黄色的车，从来没见过那种颜色，抬头间瞥见刘峰的脸，他晒焦的脸灰了一下，眼睛突然横了她一下，似乎是斥责，也似乎在求饶：好好的，又提丁丁干啥？于是郝淑雯把照片又放回包里，意识到刘峰的心真是残了，那块为丁丁落下的伤，是永无指望长上了。两人分手前，刘峰口吃吞吐，憋红脸和脖子，向郝淑雯借钱赎回那辆三轮卡车，没车生意更没的做。郝淑雯马上从包里掏出一万元给他。刘

峰要了小郝的地址,说书出了手就把钱给她送家去。小郝
逗他说,不还钱也能来家里坐坐嘛,她给他包真正的北方饺
子,南方人那饺子也能叫饺子?刘峰也留下了他的地址,说
他就住在海边上,这些年倒是学了渔民做鱼的两手,等着给
小郝亮亮手艺。

郝淑雯回到家跟丈夫开口,要他给她老战友一个饭
碗。她丈夫问她,此人能干什么?她心想,两只手的刘峰能
干着呢,什么活儿都一摸就会,但眼下只剩了一只手,推吸
尘器拖地板都难。她向丈夫担保,她这个老战友绝对是个
好人。好人是什么人?她老公鄙夷地笑着说,他公司可没
有闲饭给好人吃。她说难道他公司里吃闲饭的还少了?老
公说,不少,你郝淑雯头一个吃,吃的还是海参鲍鱼花胶的
闲饭。她说也不知道是谁,追在后面好几年,哭着喊着非给
老娘这碗海参鲍鱼闲饭吃!不吃还不行,那就要跳河上
吊!老娘稀罕吃这碗闲饭?不脱下军装,在文工团混到死
国家也得发饭票!郝淑雯不知从什么时候开始,跟丈夫说
话就形成了这种连讽带骂的风格。

对骂一场,丈夫还是松动了,说公司养了两条看门的狼
狗,缺个喂狗遛狗的,就让那个雷锋叔叔管狗吧。工作有
了,刘峰却没了。郝淑雯打他手机,对方停机。她只好开车
按刘峰给她留的地址去找。他住的地方已经不属于海口城
区了,在海边不假,但房是渔民出租的自建房,墙都不直,让

海风刮斜了似的。房主说刘峰一个月前就搬走了。郝淑雯算了算,发现刘峰借她钱的时候,就打算要搬家和停机了。郝淑雯想找刘峰的邻居打听他的去向,但左邻右舍都锁着门。房东说上面定期检查卫生,今天是检查日,他的房客都锁门躲出去了。郝淑雯的车好,房主提出坐她的车去找那些躲检查的房客,其中必有人知道刘峰的下落。在一个便利店后面,他们找到了正在打麻将的一伙女人,房主说她们都是刘峰的邻居。郝淑雯一看就知道这是一帮干什么的女人。上面要检查的,不止环境卫生,还有风化卫生,不卫生的,就要拿钱对付检查。女人们一张口,能盘点半个中国的方言。女人中还真有认识刘峰的,或者该说认识刘峰女朋友的,但谁也不肯细说。等郝淑雯钻进汽车,其中一个女人跟随出来,对她打个手势。郝淑雯降下车窗。女人用四川普通话说,听消息一千块,带路另算。郝淑雯让她坐进车里,锁了门,开了五六百米,确认没人跟上来砸车打劫,才拿出一千元,要先听听消息。女人告诉郝淑雯,刘峰在这里只住了三个月,是跟着小惠搬来的。刘峰女朋友姓惠,早先是个发廊妹,刘峰借书给小惠看,教育她学知识学手艺,就算吃不上烧脑筋的饭,吃手艺饭总有的吃,哪怕一碗粗茶淡饭,是干净的。开始刘峰生意不错,刘峰养了小惠两年,后来刘峰的生意赔了,房子也租不起了,小惠就把刘峰带到这里来住。刘峰知道小惠又偷偷联络原来的客人,翻了脸,走了，小惠跟着也搬了家。

郝淑雯听完消息，一句话也说不出，更没胃口让四川女人给她带路去找刘峰。开车回家的路上，郝淑雯劝自己别难过，人人堕落的海南还算没把雷又锋彻底堕落进去，他不大成功地教育改造了一个妓女，至少让那个叫小惠的四川女子从良了两年。

就在这期间，我跟郝淑雯在深圳相聚。

"我觉得我好像欠了刘峰什么。"说完她又摇摇头，"我也不知道……后来我们干吗都那么对他。为了林丁丁。咱们好像都欠了刘峰什么，他对咱们哪个人不好？就为了丁丁，我们对他那样。"

我们干吗那么对刘峰？真是为了林丁丁？突然间，就在郝淑雯家四壁无物却金碧辉煌的客厅，挨着落了一层薄尘的大钢琴，我好像明白了。其实当时红楼里每个人都跟我一样，从始至终对刘峰的好没有信服过。就像我一样，所有人心底都存在着那点儿阴暗，想看到刘峰露馅，露出蛛丝马迹，让我们至少看到他不比我们好到哪儿去，也有着我们那些小小的无耻和下流，也会不时小小地犯罪，偷炊事班一包味精，或在公共游泳池里擦一下女孩儿身体，诸如此类。因此我们一面享用刘峰的好心眼，一面从不停止质疑他的好心眼。我们的潜意识不相信刘峰与不相信英雄的区别在于，那些英雄离我们太远，从来没有跟我们存在于同一个三维空间。刘峰跟我们，却是存在于同一个三维空间，具有同样的物质分子密度，他怎么可能比我们好？还好那么多？我从最开始认识刘峰，窥见到他笑得放肆时露出的那一丝无耻、一丝无赖，就下意识地进入了一场不怀好意的长久等待，等待看刘峰的好戏；只要他具有人性就一定会演出好戏来。在深圳郝淑雯豪华空洞的别墅里，我这样认清了自己，也认识了我们——红楼里那群浑浑噩噩的青春男女。我想到一九七七年那个夏天，红楼里的大会小会，我才发现不止我一个人暗暗伺候刘峰漏馅儿，所有人都暗暗地（也许在潜意识里）伺候他露出人性的马脚。一九七七年夏天，"触摸事件"发生了，所有人其实都下意识松了一口气：它可发生了！原来刘峰也这么回事啊！原来他也无非男女呀！有关刘峰人性人格的第二只靴子，总算砰然落地，从此再无悬念，我们大家可以安然回到黑暗里歇息。刘峰不过如此，失望和释然来得那么突兀迅猛，却又那么不出所料。假如触摸发自于另一个人，朱克，或者刘眼镜儿、曾大胜，甚至杨老师、强副主任，都会是另一回事，我们本来也没对他们抱多大指望，本来也没有高看他们，他们本来与我们彼此彼此。

那天夜里我闻到郝淑雯家有一股陈旧的方便面气味。这么富有豪华，可女主人天天吃方便面。消极还是潦草？不得而知。

161

　　小郝沉默了，我四顾着，看哪里该挂张画。找不出地方来，因为虽是空空的墙壁，墙面一块块的软包装，可以随时改门脸做卡拉OK歌厅。军二流子的审美趣味，以及他对豪华的梦想。我想起来了，那个曾经帅气的军二流子气质里，最难命名的是什么，是一种自我嫌弃。他歪嘴一笑，似乎告诉你，我知道我瞎混，讨嫌，我也嫌我自己，连狗都嫌，而你连你如何讨嫌、狗都嫌还不知道呢；你一点儿也不嫌弃你自己，一天到晚还挺美！看出我们的高下来了吧？原来那么个无所事事、一事无成的军二流子都嫌我们呢，嫌我们不会自我嫌恶。谁不会有自我嫌恶自我憎恨的时候？可我们又有什么办法？因为我们的卑琐自私，都是与生俱来，都被共同的人性弱点框定，我们恨，我们无奈，但我们又不得不跟自己和解，放过自己，我们无法惩罚自己，也没有宗教背景和境界想到"原罪"。而我们的丑恶一旦发生在刘峰身上，啊，他居然也包含着我们的不堪，标兵模范都挡不住他本性中那个触摸，他也是我们！他是个伪装了的我们！好了，我们所有的自我嫌恶不必再忍受了，刘峰就是我们想臭骂抽打的自我，我们无法打自己，但我们可以打他，打得再痛也没关系。我们曾经一次次放过自己，饶了自己，现在不必了，所有自我饶恕累计、提炼、凝聚，对着刘峰，一个个拿着批判稿站立起来，那个坐在马扎上流泪流汗的矮个军人多么丑陋？我们舍不得惩罚自己，现在通过严惩刘峰，跟自己摆平。人类就是这样平等的,人就是这样找到平衡的。七八天时间,红楼里大会小会,我们对着刘峰喷射大同小异的批判台词,也许我们也有一丝痛心,不是郝淑雯还在念批判稿时流了泪?那痛心的潜台词可能是:刘峰,你就不能争气到底,创造一份例外,建树一个"人是可以纯洁高尚"的证明?永远做一个让我们自惭形秽的对照?坐在马扎上的刘峰越发地矮下去……一旦发现英雄也会落井,投石的人格外勇敢,人群会格外拥挤。我们高不了,我们要靠一个一直高的人低下去来拔高,要靠相互借胆来体味我们的高。为什么会对刘峰那样?我们那群可怜虫,十几二十岁,都缺乏做人的看家本领,只有在融为集体、相互借胆迫害一个人的时候,才觉得个人强大一点。

当时我没有参与迫害,是因为我心不在焉。一九七七年夏末,红楼外许多大事新事在发生,大学招生,私授英语,第一批海外留学的人悄悄走了,街上出现了布拉吉,我的恋爱视野,早就越过红楼老远老远……

郝淑雯轻叹一声,"看到他的假肢,还破了个洞,我心里挺堵的。想不出来,那个洞是怎么弄出来的?他自己拿烟头烧的?还是别人?是不是他那个女朋友小惠?……你知道,我请他吃饭那天,我到得早,看见他老远骑着单车来了,一只手握把,假手搁在裤兜里,车骑得飞快,从落地窗前面骑过去,又骑过来,可能是不敢确定,我会请他到那么豪华

163

的地方饮茶。他一只手，把单车骑得飞快。他走的时候，不知道我一直在他背后看他……"

她的心原来是柔软的。

"你知道我当时想说什么？我想说，刘峰你真傻，摸错了人，当时要是摸我，保证我不会叫救命。"

我很吃惊，但我没有表示。

"谁让他去摸林丁丁，摸错了吧？要不他不会给处理到连队去。也不会丢一只手。那只假手好可怕。一种……便宜货的感觉，还用旧了，破了。你不知道，那么多人摸过我，为什么不能是刘峰？刘峰跟他们比，至少人品好多了。"

人品有什么用？什么叫好人？我们这些女人作为情人的那部分，对"好人"是瞎着眼的。郝淑雯是一个最好的例子，她把同情、善意，甚至崇拜都给好人，哪怕触摸一把，也可以偶然想开，对好人慷慨一番；但激情爱情婚嫁，还是把好人关在门外。

二〇〇〇年，一个熟人托我到海口帮他办事，在那里住了三天。熟人是广西人，在海口开发房地产惹了什么祸，到美国是躲祸的。熟人或许奸商，或许有案在身，人却不坏，尤其在美国用他自己不知什么来路的钱赞助了许多穷苦艺术家和瘪三电影人，因此介于那两者之间的我跟他就浅浅有了点交道。熟人的弟弟是海南地头蛇，退伍老兵油子，服役期在老山猫耳洞度过,又因此我们见面就不生疏。他招待我海口一游。不管游哪里,我不知怎么总想到,此地是刘峰和他的小惠姑娘过过小日子的地方,于是我想象力起飞了。那是十月,晚霞一收,天好月好,我来到郝淑雯提到的发廊云集的一带。发廊早过了鼎盛时期,一些硬撑着的门脸,连粉红色灯光都脏兮兮的。但路灯下还是有些曲线不错的影子,如同一缕缕香魂。一有轿车开来,减速或停下等绿灯,她们就上去问路,要么搭讪,说还以为是某某某的车呢,看错了,不好意思。我在一条曾经发廊昌盛的街上,找了个小餐馆消夜,向老板打听刘峰,老板说不认识。老板来海口十五年,开了六年出租车,于是我问他可认识小惠,他想了想,反问,是叫惠雅玲的川妹子?我说只知道她叫小惠,姓惠。那就是惠雅玲,惠不是大姓,河南到海口才碰到这一个,河南老板说。听小惠那帮姐妹说过,小惠过去有个单臂老板包养她,离开了发廊。还听说单臂老板岁数一把,不挣啥钱,不过是斯文人,做书报买卖的。我想,那就是刘峰没错了。可怜刘峰那也叫老板,开的三轮卡车被城管收缴都拿不出钱去赎。后来呢,我问河南人。后来嘛,单臂老板破产,惠雅玲从老板那儿得了点钱,做了大高鼻子,大双眼皮,成了升级版了,生意都做五星级饭店的客人。我突然意识到,刘峰借了郝淑雯一万元不是去赎车,而是赎他自己:他把那一万元给了惠雅玲,就从小惠身边抽身,离开了

165

海边渔村的妓女根据地。一万元刘峰分十年还，于是小惠的高鼻梁双眼皮就等于在郝淑雯的小银行做了按揭。河南老板说，再后来小惠攒了一笔钱，在四川老家的镇上买了房，当上了单亲妈妈。前两年她回过海口一次，牵了个六岁小丫头。惠雅玲说她要供女儿弹钢琴，上贵族学校，长大做跟她惠雅玲完全不同的女人。看来郝淑雯无意间通过刘峰投资的美丽产生的利润不小，按揭的高鼻梁双眼皮，以及房子、女儿，未来那个弹钢琴的女"贵族"。

　　从小餐馆出来，接近子夜。小惠有大志向，要女儿做跟她小惠完全不同的女人。刘峰曾经也有志向，要小惠做完全不同的小惠。刘峰逼娼为良，却半途而废，让小惠从良的还是万恶的金钱。但把从良的种子播撒到小惠年轻蒙昧心田的是刘峰。

　　此刻海口对我显得多陌生啊。刘峰的战友把老实巴交的刘峰招到这个陌生地方，他跟小惠那两三年小日子还好吧？是怎么开始的呢？

　　……一天夜晚，刘峰瞥见小惠在路灯下站着，穿了件皱巴巴的连衣裙。小惠认出了三轮小卡车，叫了一声"刘大哥"。刘峰一只手把方向盘打了几把，三轮小卡车突突突地掉了个头，回到小惠旁边。小惠的下眼皮画了两道浓黑的眼线，因此她看谁都像翻白眼。二十一岁的小惠不好看，还用妆容盖掉了难得的青春光洁。小惠来海南已经五年，刘峰给她上班的发廊附近的书亭供书，常见小惠下午蹲在马路牙子上刷牙，就那样被她叫成了"刘大哥"。后来小惠单干了，不愿让发廊老板白吃甜头，刘峰偶然在三流宾馆门口的路灯下看见她。他从小卡车里对她说，要下雨了，下班吧。小惠迎上来，笑笑说一个生意还没做呢。刘峰看着她，还做生意呢？雨要来了。他看着她的连衣裙，大概是捡别人的，包臀的裙摆短得脸不要了，命都不要了，胸口扣子丢得精光，里面别了个大别针，使她看上去鸡胸驼背。一辆皇冠轿车过来，停在红绿灯路口，小惠飞奔上去"问路"或者"搭车"。刘峰看见她黑色长袜钩破了，拉出一道天梯从大腿直至脚踝。轿车里扔出个烟头，小惠闪开，皇冠怒吼一声飙出去。小惠转过身说，刘大哥，上回借你的杂志给小燕借走了。刘峰可怜小惠，"问路"差点挨了烟头，女孩家一点面子都没了，还要跟刘大哥装不在乎，突兀地就说起杂志来。刘峰心里不知怎样冒出林丁丁来，同是二十岁出头，丁丁一身笔挺毛料军服，风华绝代的独唱女兵。刘峰对小惠说，杂志反正是旧的，你们传着看吧，至少多识俩字儿。刘峰要走了，小惠又问，带烟了吗，刘大哥？我不抽烟。他掏出两张一百元，递给小惠，马上要下大雨，哪儿还会有生意？回去吧。说着他人已经进了螺蛳壳一般的驾驶室。

等刘峰的小卡车开了两个街口了，大雨夹着雷电横着来了。他再次掉头，心里担忧得怪诞：他担心小惠眼皮下两道浓黑的眼线给雨越抹越黑，再"搭车"要让人当鬼打了。他回到小惠站岗的路灯下，小惠不见了。他开着小卡车在附近几条街道和巷子里寻找，发现小惠赤脚站在一家小超市门洞里，眼线化成几道黑眼泪，人鬼之间，一手拎着鞋，另一只手拿着一只鞋跟，三寸的鞋跟在榕树的老根上磕掉了。上了车，刘峰问她住哪儿，远不远。小惠说今晚要上刘大哥家借宿一夜，她同屋的老公从四川来了。刘峰无话，心里温软又恶心，这么个可怜东西。哪怕是只小野猫，这么大的雨也要给它个躲雨的地方吧？

刘峰让小惠住在他卧室，自己睡在封闭阳台上，跟卖不出去的盗洋人版的《人体艺术》《性的诗篇》睡了一夜。早上刘峰出门上班，留给还在睡觉的小惠四百元钱和一张纸条，纸条上写的是小区里开办的"蔻媛美甲训练班"在招人，学费三百，剩的一百元够她付半月地下室房租，小区内就有人短租这种地下室。

小惠没有把钱花在学徒上。人和钱都不见了。刘峰扭头也就忘了有过这么个雨夜，小惠唯一的雁过留痕是那双黑色长丝袜。丝袜落在他一居室小公寓的厕所角落。他用两个手指把它提溜起来，农民女儿两条结实粗壮的腿形还在里面，好比那双腿褪下的透明残破的黑膜，脱线从臀部直到脚后跟。就像提溜蛇皮那样，他把它提溜到垃圾箱里。

刘峰又见到小惠，两人都失去了早先明朗简单的态度，谁也不理谁了。

再次跟小惠近距离接触，是四个月以后。刘峰的老战友跟人经营了一个狗场，培养训练名犬。海南治安成问题，据说一只纯种德国狼狗可以卖到二十万。战友把售书生意全部盘给了刘峰。接下生意，刘峰发现战友亏空到几乎破产的地步。还了欠债，刘峰住不起原先的一居室公寓，搬到一个写字楼里，办公居住合一。写字楼还没收工，就被租出来。窗是有窗没户，门是有门没扉。后来租户们发现楼永远收不了工，因为发展商因地皮产权在跟当地村民打官司，而且这种建筑是有名堂的，叫作烂尾楼。二月的一个下午，也是雨天，刘峰回到家，发现门口走廊上牵起一条铁丝，上面晾着湿淋淋的衣物，铁丝下蹲着一个姑娘，正在洗一个大塑料盆里的床单。衣服床单都是刘峰出门前放在门口的。刘峰走近，女子回过头，他差点没认出来，因为那两只眼睛下一贯的浓黑的眼线没了。小惠回头笑笑，说"顺路"来看看刘大哥。

小惠这天也像是捡了或者借了别人的衣服，一件不男不女的黑西装，至少大了三个号码，里面一条牛仔背带裙，胸口绣着大娃娃，圆滚滚的腿肚子一看就是翻山越岭的祖宗八辈遗传给她的，一鼓劲就出来两个铁蛋儿。小惠就是头发好，可以顶在女大学生、女白领、女明星的头上，梳成什么式样都给她加分。白天的小惠基本像人，不像鬼。

　　小惠这次听了刘大哥的话，到"蔻媛美甲短训班"报上了名，合格结业并愿意留在"蔻媛"美甲美容连锁店的学徒，那三百元报名费就全免。

　　刘峰和小惠就这样开始了小日子。刘峰教会了小惠做简单饭菜，让她学会夜晚睡觉早晨起床，让她开始读报和停止画眼线，让她说话减少夹带"老娘"。美甲班小惠上了一个礼拜就要退学，说让她实践的免费客人好几个香港脚，怕脚气传到她手上。刘峰同情，也同意小惠改报"花卉"速成班。这个班高雅，结业了能到五星级酒店应聘，酒店天天更换花卉造型。又是一周，小惠的困境是起不来床。花卉学习班每天早上开课早，为了节省成本，学生每天清晨五点就要到城郊路口买花农的便宜鲜花。花卉班学生绝大多数是家庭主妇，四五十岁，跟开发海南的丈夫来了，朋友和亲戚没法带来，因此钱多时间更多，结业不奔着五星级宾馆招聘。小惠在班里孤立而寂寞，学杂费又昂贵，鲜花每天要买，还得四点多起床去买，跟刘峰说不忍心用他挣的钱去上那种华而不实的课，再说她注意到所有酒店大堂，插的都是假花。刘峰问她，什么时候去酒店的？小惠赶紧改口说，哦，过去去的嘛！

　　我设想两人此刻是吵了起来。刘峰大概说不出我这么刻薄的话，"一时婊子一世婊子"，"生来下贱"，但我估计他会说"狗改不了吃屎"什么的。刘峰骂人词汇量不怎么样。

从那以后,刘峰和小惠常常吵。发现小惠描眼线,他最受不了,有一次他在自己家里抄家,把那支深藏的眼线笔翻出来,狠狠地给小惠画了两根眼线,边画边嘟哝,没吃过猪肉还没见过猪走? 我看人家大歌唱家化妆的时候,你还没生下来! 小惠对着镜子照,嘻嘻笑,说刘大哥左手都画那么好,右手更不用说……刘峰画完,把眼线笔和所有廉价化妆品从六层楼扔出去,小惠的廉价衣服鞋子首饰一并扔出去,没窗户就有这点优越性,扔东西方便,当玻璃用的塑料薄膜撕个口子而已。

小惠上去就撕咬扭打刘峰。刘峰一只手,真打小惠不是对手。我们刘峰什么肌肉素质? 给我们那群女兵抄跟头抄了四五年,稍一运力胸肌臂肌就跟活了似的,在他一层薄皮下预备突袭,三个小惠也把他怎么不了。只是刘峰不还手,本着他的朴素信条,鸡不跟狗斗,男不跟女斗。

小惠骂骂咧咧,到楼下捡起衣服鞋子,又爬上没有装栏杆的楼梯,回来了。两人和好的先决条件是小惠不得再去酒店。刘峰一句朴素誓言:我吃糠咽菜都有你一口! 小惠心想,老娘从老家来,就是不想吃糠咽菜。这样想着,小惠鄙夷地看着熟睡的刘峰,将烟头摁在他的假肢上。

我也能想象刘峰和小惠的好时光。两人一块儿开着突突突的三轮卡到火山口地质公园,到白沙门公园,刘峰到处送书,小惠当跟屁虫。买一个冰淇淋,或者一串烤海鲜,刘

171

峰自己不吃，看着小惠吃，那样的满足，带一丝儿心酸，想到自己远方的女儿，该是看着女儿这样馋嘴才感到的满足。他俩的好时光不少，包括到渔村吃渔民直接烧烤水族，那些放在火上还欢蹦乱跳的鱼虾，鲜美得可以用去定义"幸福"。吃了渔民烧烤，他们会去高速路大桥下，老方每天傍晚在大桥洞里摆出长凳和折叠椅，卡拉OK机器接到一架灰头土脸的电视上，卡车司机、渔民、社会闲散人员和可疑人员就聚过来，一块钱一条歌地号唱。小惠不知道刘峰唱的是哪个世道的歌，她听都没听过，什么"雪皑皑野茫茫，高原寒炊断粮"，什么"风啊，你不要呼喊，雨啊，你不要呜咽"……有次他点的歌"同志哥，请喝一杯茶"，老方找不到，他就拿着麦克清唱，跑调跑到云天外，卡车司机都喊停。小惠喝点啤酒也会唱，她唱的时候，刘峰就痴痴呆呆地看着她。小惠不会知道，刘峰心里怎样批判她的唱，捏着嗓子，哈着气，酸梅假醋，虚情假意，犯贱，真犯贱，你听听，闹猫呢？现在的女人唱歌都是叫春。对于刘峰，林丁丁不唱，世上就没有歌唱家了。刘峰的音乐教育都是林丁丁无意中给他完成的，他给我们抄毯子功，林丁丁清早在小排练室练唱："黄河的水呀，你不要呜咽……""马儿呀，你慢些走哎，慢些走……"他骑马蹲裆，把我们一个个人形麻袋抢起、放下，感慨歌就是神奇，音符只有七个，组织的曲调无穷无尽，字怎么比得？几万个字拼出一篇文章，你读一遍——最多两遍、三遍就够了,歌却能唱千万遍,越唱越提劲儿,越出味儿,就像一块永远化不掉的糖,一块一直供你咀嚼的肉干,一层层滋味,一辈子品不完……就在他满头大汗把我们一个个轻拿轻放的时候,他决定,歌是世界上最好的东西,唱歌唱得美的女人是最可爱的,就她那样一声甜甜的"同志哥!……请喝一杯茶呀……"不就在跟你谈恋爱吗?"井冈山的茶叶甜又香,甜又……香哎!"这还用恋爱?什么情书顶得了这个?

他跟那个会用歌恋爱的丁丁,此生错过了;此生他怎么也没想到会跟这个小惠发生一段缘。刘峰跟小惠确实有过好时光,最好在夜里,在床上,他的心虽不爱小惠,身体却热爱小惠的身体,身体活它自己的,找它自己的伴儿,对此他没有办法。身体爱身体,不加歧视,一视同仁;他身体下的女人身体是可以被置换的,可以置换成他曾经的妻子,可以是小惠的姐妹小燕或丽丽。而一旦以心去爱,就像他爱他的小林,小林的那种唯一性、不可复制性便成了绝对。林丁丁是绝无仅有的。对丁丁,他心里、身体、手指尖,都会爱,正因为手指尖触碰的身体不是别人,是丁丁的,那一记触碰才那么销魂,那么该死,那么值得为之一死。

我回到了北京定居之后,郝淑雯偶尔打电话给我,一般在她发生喜剧悲剧的时候:股票涨了,跌了,跟老公分了,合了,再分。二流子到底不安分,赚了钱一半去赌,一半用在若干"小三"身上。郝淑雯跟他打了十年,落下二流子在北京的两套房,原本是为豢养小三置下的。她租一套住一套,不算富有,衣食无忧而已。我此刻也经历了婚姻惨败,跟父母住在一起。一天我正抱着一个大西瓜从超市出来,手机铃响了。我一手把瓜按在腰上,一手拿出手机,看到郝淑雯的名字。半年没有她的消息,我摁下接听键。

"告你个事,找到刘峰了。"郝淑雯说。

"哦……"太阳把停车场晒成了个巨大的饼铛,我觉得自己给煎得吱吱作响,"待会儿给你打回去……"

"不行,你每次说待会儿打回来,从来不打!……"

西瓜正从我的腰往胯上滑。我站成一棵歪脖子树,听她说了几句刘峰的消息。其实,那年代那些人对于我,都是上辈子的事了。刘峰由南漂改北漂,一九九八年来北京,让他开旅游公司的侄子收容了,给雇员做饭,打扫办公室,送机票车票,办公室白天办公,晚上一张折叠沙发拉开,就是刘峰的床。这就是侄子管吃管住的待遇,除此之外,一个月五百元工资,上三险,那点钱刘峰供老妈吃饭穿衣,供女儿上学。这都是我歪抱西瓜听郝淑雯报告的。西瓜正从胯部往我大腿上滚,郝淑雯建议我们叫上刘峰,聚一聚。在北京跟一个距自己十公里的人相聚,简直是世界上最艰难最漫长的旅行。我还是答应了下来,不然西瓜就要滚到地上了。

聚会地点是郝淑雯家。日子是星期六。进了门，我看见一座佛堂设置在玄关，墙上挂了两幅唐卡，供着一盘火龙果和一盘橙子，佛龛下一边一个大花盆，栽着两棵金橘树。刚上了香，半屋子的烟，客厅里都辣眼，郝淑雯的两居室像是一座小庙。

客厅里已经先到了一个女客。居然是林丁丁。丁丁扑过来，抱着我直跺脚，撒娇，嘴里一个劲儿地"小穗子小穗子小穗子！"我看见伏在我肩上的头烫了满满的小卷儿，小卷儿下的头颅圆圆一个瓜瓢。丁丁落发落得只剩这七十岁的发型可选择。她的脸还是相当嫩，圆眼睛还可以问"真的呀"。我问丁丁什么时候回国的，她比画着小手，告诉我她回来三四天了，每天早晨三点准时给时差闹醒，叫我看看，她眼袋都下来了！

我跟着郝淑雯进厨房端果盘，问她是否疯了，既约了刘峰，干吗约丁丁。郝淑雯小声说，丁丁离婚了，在国外给人当了几年保姆，最后找的这份工不错，帮一个香港富豪看空房子，哪是房子，简直就是一座城堡，每层一架大三角钢琴，丁丁在里面训练爱国华人的孩子唱山歌民歌。

我们端着茶和水果刚进客厅，丁丁笑着说："不就是说我吗？还躲厨房说！"她把脸转向我，"小穗子想知道我什么？直接问我好了！"

丁丁比过去爽，几乎就是个泼辣女人，爱哈哈笑，嗓门又大又毛躁，过去珍珠般的圆润喉咙不知去了哪儿，反正有了点劳动人民的样子。

其实我不是一点不知道林丁丁的国外生活。她嫁的那个开快餐店的潮州人让她吃了三年的鸡翅尖（因为快餐的炸鸡翅不能连带翅尖），也让她包了三年馄饨和春卷（十个手指头都皲裂了），还让她看了三年他在豆芽鸡蛋炒米饭里加酱油（这是丁丁最看不下去的事，上海人哪受得了倒酱油的黑色蛋炒饭？！），最后丁丁吃够了看够了，老板娘不要做了，逃跑出来，她就读的成人学校老师为她做主离婚，把离婚协议书送到潮州人的连锁快餐店。

凉菜上桌时，来了电话。郝淑雯一听就乐，对着电话说："告诉刘峰，别为那一千块钱躲着不见面呀！"放下电话她解释，刘峰过去跟她借过一万块钱，用了十来年还上了九千。电话是他侄子打来请假的，说刘峰感冒，今天不来了。

"谁让你告诉雷又锋我来了呢？"丁丁不在乎地笑笑，"刘眼镜的话，吃屎的把屙屎的还麻到了！"刘眼镜是我们的首席中提琴手。丁丁学说他多年前刻薄郝淑雯的话，表示过去是她惹的事，该是她躲他的。过去林丁丁一句四川话不肯说，现在泼辣起来，四川脏话都说。说完她自己大笑，真是劳动人民了。

"丁丁，你过去是这性格吗？"郝淑雯狐疑地看着她。

"我过去不这样吗？"丁丁反问，又笑得嘎嘎响。放下了做首长儿媳的包袱，也破碎了做歌唱家的梦，这就是解放了的丁丁。

郝淑雯炒菜，我当二厨，她借助叮叮当当的锅铲声对我说："估计现在刘峰摸她，她不会叫救命的。"

我笑得很坏。刘峰摸她的那只手算他局部地为国捐躯了。

郝淑雯读懂了我的不良意识，补充一句："现在让他用那只假手摸，估计人家也不干了。"

"信佛的人都你这么刻薄？"我说。

丁丁在客厅里叫喊："又说我什么呢？"

这回是我和郝淑雯笑得嘎嘎响。不快乐的人，都懂得我们这样的笑。放下了包袱，破碎了梦想，就是那种笑。笑我们曾经认真过的所有事。前头没有值得期盼的好事，身后也没有留下值得自豪的以往，就是无价值的流年，也所剩不多，明明破罐子，也破摔不起，摔了连破的都没了，那种笑。就是热诚情愿邀请人家摸，也没人摸了，既然最终没人摸，当时吝啬什么？反正最终要残剩，最终是狗剩儿，当时神圣什么？对，就那种笑。

笑过，我们把那餐饭吃了一整夜，喝了两箱啤酒，男光棍没来，三个女光棍撒开了耍。喝到凌晨一点，郝淑雯拍拍林丁丁的肩膀说，绕了一圈，最不该落单的丁丁也落了单，现在刘峰现成的单身，再找回去也不晚。林丁丁皱眉笑起来。郝淑雯说，怎么了？刘峰至少是个好人，好人现在最是稀有。我说，是稀有，这年头说谁好人，跟骂人一样。丁丁说，有谁比我丁丁更知道刘峰是好人的？还记得那次传政治部强副主任坏话吗？我说当然记得，团长和政委花了一天时间审问我们。林丁丁问我们，知不知道谁第一个说"强副主任是强奸副主任"的？丁丁指着自己鼻子，"我说的。"我说想起来啦，最开始说强副主任"色"的是门诊部女护士和护理员。郝淑雯也说，对呀，还是女护士们跟文工团女兵警告的：跟强副主任单独碰上，千万把俩胳膊在胸前抱紧！女护士跟文工团女兵一捅穿，文工团女兵也想起来，只要强副主任单独碰上你，那只慈爱的手准会拍你肩膀，拉你小辫子，然后无一例外顺着肩膀或小辫子往下滑，你胸前的丘陵，先上坡后下坡，都不放过。我们三人说到此，都嘎嘎地笑，郝淑雯说，老头现在看到我们，准怕被我们给流氓了！我说，对了，后来咱们女兵整天比画强副主任的手势，丁丁有一天脱口而出，说什么强副主任？干脆叫他"强奸副主任"，当时正在排练，十几个人排女声小合唱，只有刘峰一个男兵在旁边修铃鼓。郝淑雯接着回忆说，男兵那边很快就传起来这个诨号，没多久连炊事班和司务长都知道了。我打了个啤酒嗝继续说，那年国庆记得吧？政治部首长要来审查节目了，团长和政委说，一定要揪出污蔑首长的人！我们三人都记得，上世纪七十年代中，九月下旬的蒙蒙细雨天,大审问开始了。从上午开始,被审问的人一个个让执勤分队长叫进团部办公室。午睡时间,院子里很静,只听执勤分队长在沙沙小雨中一声吼叫:"某某某! 到团部!"那人便知道自己刚被前一个受审者咬出来。一个咬一个,细雨沙沙中终于响起"刘峰"的名字。林丁丁一听叫刘峰,赶紧下床穿衣穿鞋,刘峰一招,咬出的就是她丁丁。她坐在床上等待"林丁丁"三个字被吼叫,一直等到晚上。没错没错,郝淑雯醉得眼睛都小了,说执勤分队长跟女兵们说,刘峰被政委训哭了! 执勤分队长是话剧队的老蔡吧? 丁丁说,就是老蔡。后来团长说,刘峰你不招出污蔑的人,那你就上法庭承认,污蔑造谣的就是你刘峰! 老蔡说,听到这儿,刘峰沉痛地点点头。团长问他点什么头,刘峰说,不是上军事法庭吗? 老蔡形容团长气成了什么样:气得把一行军壶水泼到刘峰背后的墙上。刘峰只在此处开了口,说我刘峰勤勤恳恳工作,鞍前马后跟团首长转战大西南,就算忘掉污蔑首长的人是谁,也不该挨一壶水啊! 那水在壶里沤多久了? 前年冬天拉练回来忘了倒出去的。刘峰就是在说这句话的时候哭的。一米六九的山东大汉刘峰没别的毛病,就是忒爱干净。我们三个人笑着睡着了。

自从在王府井大街上见了刘峰,我不知怎么就怀旧起来。刘峰的手机一直关机,我找到了刘峰侄子的公司。公司现在转行做安全监视软件，办公室在北京的最北面铺张了整整一层楼。侄子告诉我，刘峰不上班了，身体不好，在家歇着。什么病，侄子也说不清楚，反正上了年纪，就是不得病，也该退休了。侄子还在忙的年龄，对退休人员的生活方式是生疏的，也顾不得多管。他只说叔叔在家歇息有一年多了。就是说，刘峰有家了。家里有谁呢？据我所知，刘峰的女儿从山东一所师范学院毕了业，现在倒是自立了。老母亲早已去世，那在家里刘峰是形影相吊？还生着病？谈开了我发现侄子还是很健谈的，他说给叔叔介绍过几个女人，都是山东老家来北京找工打的，叔叔都婉拒，让侄子别操心，就是有女人，也是他照料伺候女方。终于一天，刘峰请侄子到家里做客，侄子这才死了给他找女人的那份心；叔叔有个女人，还挺好看一个女人；年纪不轻了，不过还真不难看！不爱说话，嗨，不说话的女人，本来就是三分美，侄子很兴奋地告诉我。从刘峰侄子的公司出来，我给郝淑雯打电话，八卦刘峰的老来艳福。郝淑雯现在大部分日子是听这大师那高人讲经论道，好像对此世她已撒手，重在修来世了，听了我的八卦，她那颗世俗心马上又活了，叫我跟她一块去堵刘峰的被窝，看看他六十多岁一只手被窝里还能捂个什么挺好看的女人。我们俩一核对地址，发现她得到的刘峰住址跟那位侄子给我的不同。我们觉得好玩，老了，刘峰倒越来越神秘。

我们按照侄子给的地址，找到机场辅路外的一片民房，刘峰刚出门。邻居都是能干活络的打工仔打工妹，够本事做了北京的移民，他们的儿女都从老家接来了，泥土铺的院子里随处可见孩子们的大小便。

刘峰的家门上了锁，从窗帘缝看，他的住处还像个当兵的，没几样东西，每样东西都是绝对必需，收拾得一尘不染一丝不苟。没有一点儿女人的痕迹啊。

看我们俩在刘峰窗口窥测，刘峰的一个女邻居从露天锅台边用安徽北京话大喝："你们找谁?! ……老刘不在家!"

郝淑雯说，老刘不在，就找老刘的老婆。

邻居回答，老刘没老婆。

这年头，女朋友、老婆都一回事儿。这是我说的。

邻居问："你们找哪个老刘？这个老刘就单身一人!"

我们傻了，刘峰神秘得离了谱。郝淑雯说，不可能，老刘是我们的老战友，我们知道他有女朋友。女邻居懒得理我们，埋下头切菜。

我们正要离开，一个四十多岁的男民工从路口回来，牵了两条德国黑背，种还挺纯。男民工穿一身迷彩服，大概给附近别墅的某家富豪当私人保安。女邻居对我们说，这个是老唐，是这里最老的住户，住了五年了，你们问老唐，老刘有女人没有。

老唐说，看是看见过一个女人，老刘生病的时候来的。我们这才想起来，赶紧问刘峰生的是什么病。好像是肠癌。我跟郝淑雯堵被窝的心情马上没了。刘峰是那种躲起来病，躲起来痛，最后也躲起来死的人，健康的时候随你麻烦他，没了健康他绝不麻烦你。郝淑雯问，那女的什么样子？老唐说，女的个头不高，瘦瘦小小，看着不显岁数，不过肯定不年轻了。

我们问老唐，刘峰什么时候回来。老唐说没一定的，化疗的时候，他就住在城里，离医院近些。我和郝淑雯对看一眼，这就是为什么刘峰有两个住址。

我把车开出去五六公里了，郝淑雯都没吭一声。还是我先开口，说天快黑了，就近找个地方吃饭，顺便把堵车高峰避过去。她说不饿。我告诉她，在王府井大街见到的刘峰，不像生大病，还挺精神的。我这是安慰我们两个人。其实我后悔，那次没有及时招呼他。郝淑雯叹了一声说，好人，都没好报。我笑笑，以为她那一声长叹之后会多深刻呢。

我把车停在一家酒店门口，跟郝淑雯没商量地说，随便吃点什么把堵车时间混过去。酒店的餐厅人很少，钢琴假模假样地漫弹，雅致豪华反正吃不到嘴里，只让你对极宰人的一餐饭认账。

我们点了两个菜，都是凉的，一荤一素，服务员还站着等我往下点，我却合上了菜单，说不够再点。服务员眼睛一瞪，转身走了。我跟郝淑雯笑笑，随他瞪眼，我们都活到了不装面子的境界了。吃了两口金瓜海蜇丝，郝淑雯胃口开了，叫了一扎啤酒。啤酒下去大半的时候，她说，我们当时怎么那么爱背叛别人？怎么不觉得背叛无耻，反而觉得正义？我问她又想起什么来了。她说我们每个人都背叛了刘峰，不是吗？你萧穗子不也在批判他的大会上发言了？我说我当然没发言。

"你没发言？!"郝淑雯眼白发红，"我怎么记得每个人都发言了？"

"我不一样，我也是被所有人批判过的人。批判刘峰资格不够。"我借戏言说真理。

"我记得你发言了!"

"什么狗记性？"

"我就记得何小曼没发言。"

我不说话了。过了一会儿，她又要了一扎啤酒。不装面子，样子也不要了。

"我怎么记得……"她咕哝。

"你再喝点儿，就记得更多了。"我笑着说。

第二扎啤酒冒着泡泡。她的嘴边也冒着泡泡。

"我们那时候可真够操蛋的，把背叛当正义。"她说。

"那就是背叛的时代。时代操蛋。"

"我背叛你的时候，真觉着满腔正义!"

她是怎么背叛我的？我看着她。

"我不是跟你说过吗？"

她可从来没跟我说过。

"我把你写给少俊的情书交给领导的时候，感觉好着呢！就像少先队员活捉了偷公社庄稼的地主！我把这事告诉你的时候，你当时肯定恨死我了吧？"

我掩饰着吃惊。

"是你那次来深圳我跟你坦白的，对吧？没错，就是咱俩在我家那次。当时我家就咱俩。"

三十多年来，这是告密者第一次向我自我解密。啤酒真神，不仅能让人忘掉发生过的，还让人记得从未发生的。我还是看着她，拿了一手好牌什么点数都不让她看出来的扑克脸。

"我跟谁都没说过，只跟你一个人说过。你配听我告发自己，别人不配。别人也不懂，懂了也不会谅解。我那次告诉你，就知道你会理解，会原谅我。你还真原谅了我。那时我看到全体人背叛你的时候，你有多惨。后来林丁丁要出卖刘峰，我要她保证，决不出卖，结果她还是出卖了。我们都出卖了。你说你没有发言，不可能，我不会记错的。"

等她被啤酒撑大了肚子的时候，她的自我解密进一步深入。三十多年前，她怀疑我跟少俊关系特殊，就开始勾引少俊。"嘿，那时候就发现，男人真不经勾引！"就是那个长得像大姑娘一样漂亮的少俊，一对飞飞的眼角，长睫毛打扇子似的，嘟嘟的嘴唇，化妆时还比其他男兵涂的口红要艳，我怎么会给这种人写了上百封情书？现在想起，我只想吐。

"怎么会勾引那么个男人？"郝淑雯耸起肩，摊开两手，也觉得自己是个谜，"勾引他就为了搞清你；你不知道，当时我们都觉得你是个小怪胎，诗人、电影编剧的女儿，诗人本身就是怪胎！"她又笑得嘎嘎嘎的。

我以为有何小曼，怪胎的角色就轮不上我了。

少俊的漂亮跟他的浅薄都像女人，俗气也像女人。俗来自民间，民间就是接地气，所以俗气代表着生命力，不俗的人往往魂比肉体活跃，等于半死的。我根据郝淑雯叙述的那个少俊才解密他们短暂俗气充满生命力的情史。他们当时都是排级干部，可以公开谈恋爱，但偷情味道更好，偷得那个情胆包天、无法无天哟！那时恰好少俊的同屋回重庆探亲二十天，他们每一夜都不放过，睡眠都戒掉了。少俊的房间在二楼走廊最尽头，好一个大胆的郝淑雯，不仅得蹑手蹑脚爬上嘎吱作响的朽木楼梯，还得走过整条哼唧不断的蚊蛀走廊，再推开吱扭如胡琴独奏的老木门。红楼的大房间隔成小房间，隔得不规整，加上楼的慢性颓塌，门和框都轻微歪扭倾斜，因此开门关门都冒小调。走廊一边十个门，每个门里都可能出来一个起夜的男兵，太勇敢了，我们的女分队长！他们在蚊帐里相拥而卧，蚊帐里就是他们的伊甸园，一对最漂亮的雌体和雄体……

郝淑雯分析，当时她冒那样的危险，还出于一种竞争心理。看看萧穗子一个十五岁的不打眼的小兵疙瘩，能让一个漂亮成熟的少俊陪着她玩情书暗投，一玩半年，小怪胎到底有什么魔力？让张嘴就是错别字，一封家书翻几十次字典的少俊天天动笔？少俊容易吗？一共没念过几本书，每天要搜肠刮肚地想出词来谈纸上恋爱，男女间能有那么多字写？不就是一拉手一拥抱一亲嘴儿，下文自然就有了吗？少俊二十二岁，陪着小兵疙瘩费劲，看看我郝淑雯几下能把事儿搞定。果然，手一拉就搞定了。二十一世纪的郝淑雯一个劲问："你真不恨我？"

郝淑雯美丽的胴体进了蚊帐，少俊一定想，这半年跟那小丫头费的劲真够冤的，上了小丫头的当了，这么简单具体的事，让那些纸和字弄得那么玄！那么曲折！

郝淑雯推开高高的啤酒杯，为了让我把她诚恳的脸看清楚。就那样，她轻而易举地让少俊交出了我所有的情书。又过了几个蚊帐之夜，她轻而易举地说服了少俊，跟她一块主动把我的情书上交给团领导。"那时候做王八蛋，觉得比正经人还正经。"她眯上眼，有点儿色眯眯的，"现在要我说什么是好人，我会说，不出卖人的人，是好人。知道我最后一夜从少俊那儿出来碰到谁了吗？刘峰。"

刘峰正好上楼，郝淑雯下楼，足尖碎步，比贼还贼，手里还提着她的黑色平绒布鞋,一眼就能看出她刚干了什么。可刘峰比她还不好意思,居然一句话没说,就跟她擦肩而过。回到宿舍,她一夜没睡,心里只有两个字:"完了"。第二天刘峰在毯子功之后跟她谈话,说身为老兵,党员,半夜上二楼会影响不好,二楼是男兵宿舍,人家会怎么想?这么多十几岁的男娃女娃,一个像小郝这样的党员干部要带好头。

这话我信,典型的刘峰思想工作语言。

郝淑雯告诉我,也是从少俊对我的态度上,她厌恶了他,什么人格?虽是纸上恋爱,可也不无真情投入,说出卖就卖得那么干净。他主动坦白有功,揭发我更体现了浪子回头金不换,所以基本被领导无罪释放。"有其父必有其女","根不正苗自黑","用资产阶级情调引诱和腐蚀同志加战友",揭发我时,他把他在写情书时期长进的那点文化都用上了。一个二十二岁的男性"同志加战友",好好的就成了一个十五岁小女兵的受害者,郝淑雯说,她正是从他的倒戈看到他的无耻和残忍,彻底对他寒了心。此刻,她被啤酒调动出一种幽远的哀伤来,问我,真爱过的,无论是肉体爱的,还是心灵爱的,都不能说糟蹋就这么彻底糟蹋,对吧?你说这种男人还能要吗?

啤酒真好,给了她说梦一般的意境。

郝淑雯接着说梦话:"少俊为了我背叛你小穗子,也会为了别人背叛我。那几天,我看他揭发得那么起劲,就像看着一个鬼慢慢脱下人皮一样。"她突然醒来,睁大眼睛看着我,"想知道一个秘密吗?"

我说当然想。

"哼,少俊,也就是个男花瓶,那些年流行出国,他自己没本事出去,嫁了个奇丑的女博士,跟到美国当陪读去了。知道我当时怎么蹬掉他的吗——那男花瓶?我让我爸帮忙,把他调到我爸老战友的师里。我爸老说,好男不上戏台,好男得吃千般苦,所以他老战友先把少俊调到连队吃苦,再看能把他往哪儿提拔。我跟我爸说,这个男朋友我可是认真的;我爸我妈都知道让我认真难着呢。一听我说认真,我爸让那小子吃苦去了。"她笑着,脸大红,眼白粉红,但眼神挺忧伤的,想到年轻时她自己那么一大把本钱,却做了败家子,输在二流子手里,"少俊调到我父亲战友的独立师里,我还跟他通了几封信,没过年就吹了。我年轻的时候,厉害吧?对厌了的男人,绝对无情,手段卑鄙着呢!"她又张口大笑,钢琴声都给她吓跑了调,一个高雅幽静的环境全没了。

吃完饭,时间还不晚,反正我俩家里都没人等着,就索性去找刘峰。

刘峰的这个住处还不错,八十年代末建的单位宿舍楼。就是那种家家封阳台,式样材质各式各样,阳台外搭花架,走廊里停自行车,路灯没人修,电梯有人开,人不串门饭菜气味串门的中低等城市平民住处,等于把大杂院叠起来,摞成十六层。一层楼六家。我们按照地址上的门牌号敲了敲门,没人应,郝淑雯扯起被啤酒扩音的嗓子叫喊:"刘峰!……刘峰你在还是不在?"

门没开,电梯的门却在我们身后开了。开电梯的妇女说这层没有姓刘的。毫不例外,这种宿舍楼开电梯的都是半个包打听。我们请教她,那么这户主人贵姓,回答说"姓沈,一女的,五十来岁,显年轻"。

我们的悟性被点燃,姓沈的一定是刘峰的女朋友。就是说,刘峰凡是在城里化疗,就住到女朋友家。

电梯女工说:"沈老师陪那个男的去医院住了,得住几天呢。"

"哪家医院?"

"这不清楚。"

线索就在这里断了。住医院了?我和郝淑雯对视,此消息可不好,证明病重了。

一个月过去,我心里那件事搁不下,又去了一趟刘峰女朋友家。简直不能相信自己的运气,开门的竟是刘峰!刘峰戴着棒球帽,一身运动装,右手插在衣兜里。他给我的第一印象是灰白的:皮肤,心境,都是褪了颜色,不甚新鲜,那种惨淡,那种败旧。他头一秒钟是羞涩的,难堪的,以为自己躲藏得那么好,从王府井躲到西坝河,从春天躲到秋天,还是给我找到了。他说太没想到了,怎么会是你小穗子!

我被他让进屋,让了座,屋里一股药味儿。想起来了,刘峰过去的体嗅就是淡淡的药味儿,身体某部位在贴膏药。他五岁开始翻跟头,二十岁开始抄跟头,总是这里那里发生莫名酸痛。这座宿舍楼是八十年代末的,而屋内装饰简直就是从八十年代直接搬过来的,塑料地板贴膜,带玻璃拉门的五斗柜,一对米色的布沙发,靠背和扶手上盖着工艺美术商店买的挑花饰片,茶几上放了个茶盘,上面有个凉开水瓶子和六个玻璃杯。茶几下还放着一个稀罕物,铁壳暖壶,上面印的字迹被年代剥蚀了,但还看得清学雷锋标兵什么的。我拿出一盒西洋参,一小袋虫草,放在茶几上。我不知道这些补品对人有益还是有害,当礼物送,也是瞎送。我的皮包里还有个信封,装了三万元,我会在告辞前悄悄塞到哪里。这年头,阔气的人都生不起病,漫说刘峰这样的老北漂。刘峰从厨房提来一壶刚烧开的水,给我沏上茶。又拆开一袋瓜子,倒进一个不锈钢小盘。他一只左手做事比人家两只手还利索。

他看我眼睛不老实,往各处溜,就说,她不在家,去老龄大学教西藏舞了。

我想,原来他女朋友跟我们还不隔行。

到底病得怎样了? 好点儿了吗? 该问的话我一句也问

不出。刘峰给我沏了茶,还拿出一个苹果,扎在桌子上的一个固定铁签上,用刀细细地削,果皮儿像是给车工车下来的,又薄又匀地从刀刃下流出。他一只手削水果强过我两只手。铁签仿佛一个台虎钳,他把写字台变成了工作台或者机床。我说刘峰对付什么都有招。他笑笑说,可惜当年早早辍学,到剧团翻跟头混饱肚子,没受啥教育。我说不然了不得了,他这辈子光吃发明专利都吃不完。我们就都笑了。

我说起上次在郝淑雯家的聚会。我,郝淑雯,林丁丁,喝了两箱啤酒,原来只买了一箱,半夜又出去,到日夜服务的便利店又扛了一箱。刘峰问,林丁丁现在怎么样。他问得自然轻松,看来有了新女朋友那块旧伤愈合了。

"你没去,丁丁挺失望的。"这种情形指望我说什么?说什么都无关痛痒的。也许,该恭喜他,终于无关痛痒了。

刘峰笑了一下,眼睛里有缅怀和幻想。

"春天我在王府井看到你,刚要叫你,又找不着了……"我说。

"我躲着你呢。"

"为什么?"

他还是笑笑。我已经不期待他解释了,他倒突然开了口:"人得了大病,跟过去的熟人都不知道该说什么。"

我应该珍惜这个时机——是他自己把话头扯到病

上的。但说什么呢？会好的，现在很多肠癌患者都治好了……听说你在化疗，效果怎么样？……没有转移扩散吧？……有什么事需要我帮忙吗？……

都显得不合时宜。

"医生跟我说了，没有复发，也没有转移。挺到第五年，应该就算安全了。"他好像怕我受惊吓，安慰我呢，"现在是第三年。就是化疗的一个礼拜不好受。其他也没啥。"

"那次在王府井大街上，我看你还挺精神的。"

"这次你看我气色差是吧？刚化疗完，下水都吐出来了。一礼拜，生不如死。养一阵子能恢复。"他继续安慰我。

"听说虫草炖鸭子有抗癌作用……"

"干吗破费？虫草齁贵的。"

我笑笑，"能贵哪去？又不当饭吃。"

话题转开，他提起前些时有老兵乞讨的事。

"那几天我跟着老兵乞丐，想劝劝他们，算了，别给国家现眼，也别给自己现眼。一个国家这么大，跟一个大工厂似的，产品总得改换，机器也总得更新，咱们就算是些老机器老零件，老螺丝钉，给换下来了，扔了，不换不扔工厂就得关门。不是好些工厂都关了门？工人不都得下岗？咱打完仗也就下岗了。哪个国家都一样，当兵的嘛，仗打完了就都是换下来的废零件，旧螺丝钉。不能说螺丝钉旧了，没用了，非不让扔，那会行？不讲道理了不是？我说咱别跟美国退伍老兵学,当叫花子,满大街出丑,倒是出了国家丑了,不更出自个儿丑吗?"

"你这么劝他们的?"

"嗯。"

"他们怎么说?"

"他们揍了我一顿。他们正没处撒气呢。我这只假手救了我的命。"他把戴白线手套的胶皮手从衣袋里拿出来,晃了一晃,又揣回去。那个破了洞的塑料手大概被淘汰了,它可比旧螺丝钉更没用,"他们看到我一样也上去过,下来都不齐全了,就算了,不揍了。"

以这样的思路让他自己想开,我无语。

刘峰突然又问:"小林现在一个人?"

我说是一个人。

"过得咋样?"

我记得刚才告诉他了,过得还行,给富豪看守空房子,活儿轻,挣的不错。但那番介绍似乎没让他满意。也许他想听我说,丁丁过得不好,寂寞,异乡异客,老无所依。也许他想听听细节,有色彩,生动点,比如她穿什么戴什么,胖了瘦了眼睛是否老花了。我拿出手机,打开聚会时拍的照片。

我用手指划拉着小屏幕,喏,这是丁丁,这是我,这是小郝……刘峰静静地看着,脸上带着静静的微笑。

我没有等到那个教西藏舞的沈老师回来,看见刘峰神情钝了,想到化疗的损耗我们健康人不可估量,所以赶紧起身告辞。临走我给他写下我家住址,他掏出老花镜,辨认一番说:"离这儿不远。"其实我们都住在同一条发臭的干枯河道旁边,他在北头,我在南头。我发现他老花镜的度数极高,把他的单眼皮眼睛放得老大。

他送我到门厅里。我看见门口右侧有个放信件和报纸以及钥匙的木头挂箱,红色油漆,还雕了花鸟,工艺细致,带点乡村情趣,刘峰的左手也被他训练得这样灵巧,瞧这番雕刻手艺。我趁他给我开门,把装着三万块钱和一张慰问卡片的信封放进了红色挂箱。

我开着车,想到那个红色雕花的小木箱。它去除了刘峰生命的灰白,证明他还有那份兴致,那份闲心,给日子添点亮色,给他的女人添加一点意外。我想到四十年前,那个刘峰,为我们修这个做那个,不停地做一堆无成就的琐屑事物,而做本身就是成就,日积月累,一大堆的无成就就是他的成就。他是个当今谁也不需要、谁也不尊重的人了,这种人就叫好人。

再一想,我醒悟到,他那么高度的老花,一定看不清我手机小屏幕上的照片。他当时为什么不戴老花镜?他不想看清楚林丁丁吗?他难道不好奇曾经让他爱得剧痛的女子几十年后变成了什么样子?我想,只有一个可能,就是他不想看清现在的丁丁。他不来参加聚会,首先是参加不动——身体和精力的原因,但更重要的,是他不要看见一个多了许多肉、少了许多头发的林丁丁。因为他当年那么爱那个小林,他不愿意她变,不愿意她老,不愿意她不好看;他不看她,是为了自己好,也是为了小林好。不看,那个年轻的林丁丁,好看的林丁丁,就永生了;至少永远活在一个人的心里,梦里。此刻我发现自己看见的红绿灯像是掉进了水里;我哭得那么痛。刘峰对林丁丁的爱使我也多情了。

我在香港开会的第三天,手机上来了一条短信:"刘峰先生于2015年12月23日凌晨4:26分于北京武警总医院病逝。"

刹那间我不知道这个刘峰先生是谁。跟我战友了一场的刘峰一辈子也没人叫过他先生。短信并不是他侄子发来的。我把电话打给发短信的机主。机主却一直呼叫转移。我给刘峰的侄子打了个电话,他也刚刚接到同样的短信。三小时之后,我们与会者正在晚餐,又收到追悼会通知。我拨通郝淑雯的电话,她连刘峰逝世的短信通知都没收到。她只说:"这么快呀!太快了!"也不知道她指什么,什么是她快和慢的参照,跟什么比"太快了"。

两个月前我去看望他的时候,他真的是怕吓着我,没跟我说实话。要不就是他那个姓沈的女朋友没跟他说实话。但前一种可能性更大,他的淡泊和幽远,他那静静的微笑,是来自一种全盘的接受，接受了一切，也包括接受了不久即临的死亡。

夜里十二点多，我接到一个女人来的电话，对方自报家门，姓沈，是刘峰的朋友。但我马上觉得，这个姓沈的女人对于我绝不是个陌生人，我们一定认识，而且不是一般的熟。那种亲熟从遥远的少年时代散发而来，如同动物间神秘的生物电，如同难以捕捉的气息。于是我的直觉比分析判断快得多，就在她简短报告了刘峰病故前的状态，以及感谢我捐助的钱——那钱每一分都使上了劲儿，她在此附加了一句；就在她跟我再见的刹那，我平淡地说："是小曼吧？"

"……嗯，是。见了面我再跟你细说。不是你想象的那种……"

我想象的哪种？挂了电话，别说想象，连思维都停了。怎么了，小曼和刘峰？他们最后是怎样相伴的？谁先找到了谁？刘峰最后是个谜，但他的谜跟小曼比，太简单明了。小曼怎么成了沈老师？唯一的推理结果是小曼的亲父亲姓沈。刘峰为什么不告诉我，他的女朋友就是小曼呢？而且不是我想象的那种"女朋友"。

我以为活到今天，已经没有让我吃惊意外的事物了。而刘峰和小曼，真沉得住气，用了四十年来向我、向人们揭示这份意外。我坐在酒店的落地窗前，窗外的香港灯红酒绿。小曼对刘峰生命终点的叙述，我此刻才顾得上回想。

她告诉我，他没有痛苦，没有留恋和不甘，他在进入弥留的昏迷前睡眠很多，那种死沉的药物睡眠。弥留的昏迷持续了两天，没有醒过来，直接走进死亡。

追悼会前一天，我跟小曼相约，先到她家见面，然后我请她到附近的"鸭王"吃晚饭。小曼在楼下迎我，裹着一件米白羽绒衣。我惊奇地发现老了的小曼比年轻时好看，也许因为有关好看的标准变了。她的黑皮肤、小脸盘、曾经被看作奇葩的浓密纱发，现在都被认为是好看的。那时候我们说小曼坏话：她能演什么呀？脸比脚后跟大点儿，脑壳比拳头大点儿，上了台她是哭是笑观众都看不出来。小曼本身话少，我和她在电梯里都沉默着。我们之间几十年的疏离随着楼层的升高而上升为陌生，陌生又上升为压力。开电梯的妇女换成了个老头，也一句话没有，三双眼睛都盯着显示灯，电梯却爬不动似的。

在小曼的两居室门厅里，置放了一张写字台，布置为灵台。写字台就是刘峰曾安装了根铁签，把苹果固定上去为我削苹果皮儿的那张。灵台上刘峰的照片是四十年前的，我们巡回演出到西藏，在澜沧江边拍的，右手握在冲锋枪的枪把上。那时我们不知道澜沧江一直流淌，最后就流成了湄公河，而刘峰会去湄公河入海的国度作战，失去他给我们做过甜饼的右臂。他那结实灵巧的右手，为我们抄过跟头、修过地板、掏过下水道、补过军装……澜沧江边的岩石上，同一个景点，我们每人都留了影，也摆出跟刘峰相同的Pose，端在胸前的冲锋枪是跟汽车兵借的。那时候追求林丁丁的摄影干事还没调到大军区，还在昌都军分区当干事，我们沾丁丁的光，每人照了一张江边留影。因为照片质量好，用在灵台上的十二寸照片虽然是用当年120胶卷的底片放大的，还是非常清楚。照片里的刘峰好年轻啊，那么老实巴交，嘴角有种深深的谦卑，而深明大义的光芒就在眼睛里。那时他最得意，最红，年年当标兵，全军区的宠儿，连军区首长来审查节目，都要先跟刘峰握握手，说："小刘啊，这帮唱唱跳跳的小鬼不好管，好好给他们带头！"但他从那时就明白那都不是看家本领，自己终将无为无成，因而谦卑。他被我们每个人麻烦，还找来"括弧"那样的残废孩子麻烦他自己，时刻准备着帮我们的大忙小忙，琐碎到被絮里捞针的忙，他都那么当真地帮。我们麻烦他就是需要他，被人需要着是他最好的感觉，使他发现自我价值，让他抖擞起活着的精神。他最早那毫无来由的自卑，终于露出了根。不能不说是一种英明吧？在他二十岁的照片上，眼中的深明大义正源于此。

我看着照片，为自己流不出眼泪而焦虑。其实小曼也没有哭。也许她的眼泪是逆向地流淌，往心的方向。小曼在我身边说起话来，话是重要的，不过有些上年纪女人的絮叨。当年她的病（精神失常）不单单是被当英模的压力诱发;在那之前她就有点神志恍惚。仗刚打起来,野战医院包扎所开进一所中学时,教学楼前集合了一个加强团士兵,从操场奔赴前线。第二天清早推开楼上的窗,看见操场成了停尸场,原先立正的两千多男儿,满满地躺了一操场。小曼就是站在窗前向操场呆望的那个女护士。她站了多久,望了多久,不记得了,直到护士长叫她去看看,万一还有活着的。她在停尸场上慢慢走动,不愿从躺着的身体上跨越,就得不时绕个大弯子。没风,气压很低,血的气味是最低的云层下的云,带着微微的温热,伸手可触。她这才知道满满躺了一操场的士兵是那个军的。刘峰那个军。再走慢点儿,万一还有活的,万一活着的是刘峰……

小曼侧过脸来看我,"穗子呀,我是拿起尸体袋子上的牌子一个个对号的,个别没有名字和番号,我就怕得要死,打开袋子,看一下他的脸……"

就那样,一个操场头一天还操练,立正稍息向右看齐,向前向前向前,我们的队伍向太阳,第二天一早,立正变成卧倒了。卧倒的,个头都不大,躺在裹尸布和胶皮袋子里,个个像刘峰,个个都像她新婚的丈夫。小曼的神志是那时开始恍惚的。

小曼还站在刘峰灵台前,满腹心事纺成线,不断往外扯。

小曼住精神病院的三年,看望她的一共有五人次,这是主治大夫告诉她的。第一是她母亲,她转到歌乐山母亲又去探望她一次,因此母亲一人算两人次。第二次母亲探望时,小曼药物反应严重,临床记录说,她拒绝让母亲靠近。再有就是野战医院政治处主任的探望,为她送来小曼丈夫牺牲的通知。最后一人是谁,小曼一直没搞清,据说此人也来过两次,这样算起来便是五人次。出院那天,精神科保管员把探病的人留下的东西清点给小曼,有母亲带来的当时上海流行的连衣裙,有政治处主任给她带来的二等功军功章。最后就是一封信,字迹她熟,但想不起是谁的。拆了封口,里面掉出一张二人合影,竟是刘峰和穿蓝条病号服的小曼自己。主治大夫问小曼,是否记得这个人来看望她,还带了个照相机跟她照了合影,小曼说不出话。她这才意识到自己病得有多重,连刘峰都认不出。刘峰信上说,他已接到转业通知,回乡后就不知什么时候还能见面了,趁着他到司令部办事(他部队的司令部也在重庆),顺便来看看她。上回照的相片洗出来了,小曼照得比他好,但愿她满意。信里留下了他母亲的地址。此刻小曼说,两次去,都错过了。

我想小曼过去只是口里没话,并不是心里没话,现在口一松,话不断了,你一听便明白她那些话攒了多久。我想她早就哭够了。

她从歌乐山精神病院出了院,找到了转业回乡的刘峰。她给刘峰写了封简短的信,说她出院了,调到五十四陆军医院继续当宣传干事,谢谢他在她住院时来看望她。刘峰回信也简短,为她的痊愈高兴,更为她能继续留在军队高兴。然后他说到自己,回到了梆子剧团开始工作了,看大门兼职党支部书记,刚刚结婚,爱人在长途汽车上售票,业余唱民歌。通了几封信后,刘峰告诉她,部队要他回去一趟,给几个被俘战友做善后证人。他也正好想去看看同连队阵亡战士的坟,听说陵园刚修起来。小曼给他的梆子剧团发了电报,说想跟他一起回云南,刘峰同意了。两人在成都会合,刘峰见到她还出来一句笑话,说,去那山高水险地方,俩人仨胳膊,打架吃亏小些。他们到达中越边境的时候,抚恤工作组还没撤,烈士陵园也还没完全竣工。刘峰买了几瓶当地出产的大曲,还买了萨其玛和花生,足足装满一辆独轮车,他们一人推一边车把,推到烈士陵园。到了烈士陵园门口是下午五点,铁栅栏门已经上了锁。俩人扒在铁栅栏上往一块块整齐划一的石碑上看,刘峰说,小曼,咱俩命还算大,不然那块碑可能就是我的。小曼说,你旁边那块,可能就是我的。回到招待所,开饭时间过了,他们就在刘峰房间里喝酒,花生米当菜也当饭,聊到半夜。聊的都是童年故事,孩提时代在二十多年后聊,才不显得一味苦楚,倒也有让他们笑出声的事。两人喝了半茶缸白干,刘峰对小曼说,别喝了。小曼问为什么?刘峰说,喝酒误事。小曼笑着问,还有什么事可误?刘峰说,明天要起早扫墓啊。这样,他站起来,小曼也跟着站起来。

"他才明白呢,装糊涂。"站在灵台前,小曼看着刘峰照片说。

刘峰明白什么我也知道。他明白小曼对他那杂七杂八的感情中是有些爱的。在他即将被我们发配到伐木连的前夜,他就明白。但刘峰不能;一场战争抹杀了多少生命?都没能抹除他心里的林丁丁,跟小曼如何,那是欺负小曼。刘峰一生不肯欺负任何人。

第二天小曼起床,刘峰不见了,院子里的独轮车也没了。等她追出招待所,刘峰已经从烈士陵园回来,给同连队的战友敬了烟和酒,不喝不抽的新兵蛋子,敬上了萨其玛和花生。一个连队百分之八十是新兵,老实得像一群会动弹的土豆,真正的新兵蛋子。他们是刘峰到贵州和川东接来的新兵,都不知道穿上军装跟上队伍就直接去打仗,父母和奶奶爷爷们跟着跑,叫他们小名儿,扔红薯干柿饼子,七嘴八舌喊话,让他们守纪律,别想家,好好听首长的话,部队的好伙食别白吃,吃了多长点个头。都没来得及吃好伙食,更没来得及长个头,就永远卧倒了。

回去的长途汽车上,刘峰说,还有冒充岁数来的呢。十五六岁,愣充十八,五号军装穿着都像面粉口袋,听首长话是真的,一句都不顶嘴就上了前线。十几岁也是一辈子过去,萨其玛都还没吃过呢。

刘峰还说,他负伤负得亏心,因为负伤,他反而活下来了,而他接兵带走的新兵蛋子,全都被他丢在了身后。

我从灵台转过身,腿站疼了。眼光一下给那个红色木头挂箱抓了去,刘峰最后日子的兴致和喜兴让我难过,好难过。小曼看着红箱子说:"他给我做的。做了一个月。我老是找钥匙。门钥匙,自行车钥匙,我老找,他让我一进家门就把钥匙放进去。那时候他知道自己日子不多了,吃几口饭浑身都汗透……有天夜里他睡不着,我问他要不要叫他女儿来,他说还不到时候,再等等……他生病就跟做错事似的,最好谁都别想起他,谁也别看见他……"

在"鸭王"吃饭的时候,小曼告诉我,刘峰病危去医院之前,替她把大衣柜里面那根杆子换了,原先的太细,多挂几件衣服就给坠弯了。他还帮她把浴室的一块活动地砖重新砌平,说不砌早晚会绊她一跤,这年纪摔一跤老五岁。还有冰箱内的灯,一开冰箱在里面摸瞎子,那不成,他把里面的电源修好,现在冰箱里亮堂了。最后躺在病危的急救床上了,他还叮嘱,小曼你还是把那碗扔了吧,用指甲油补的,谁知有没有毒。我问什么碗。小曼说,一个装汤的海碗,他俩一块在他山东老家淘来的,碗沿的釉彩磕坏一块,小曼不舍得扔,他住院前买了一瓶蓝色指甲油给补上了。弥留之际的破碎知觉里,他想到的事中,竟然还有这一个碗。小曼笑笑,把我为她卷好的饼放到小盘里。她心里的酸胀,都在那笑里。

我问她,她说她俩不是我想象的关系,那到底是什么关系?

她说客厅里的单人沙发拉开是一张单人床,刘峰来她家住,就睡客厅。刘峰下海到海南,他们之间一直通信,一年总有十多封信的来往,她写得多些,他少些。一九九四年小曼还去海南看过他一次,到海口的第二天,刘峰叫他女朋友帮着打电话,招呼订货送货,催几笔款,他带小曼玩了几个景点。两人坐在长椅上乘凉,吃麦当劳的汉堡时,他跟她说,林丁丁从澳洲写过信给他,还寄了张照片,说是新买了一辆本田轿车,土黄色的,跟澳洲的沙滩似的。他不知道世界上还有土黄色的轿车,跟丁丁穿的淡蓝牛仔裙特相配,但土黄色的车毕竟有点另类。他说他没给小林回信,因为当时正要换住处。

我是知道真情的。丁丁的照片和信都是寄给郝淑雯的,对土黄色轿车的褒贬也是从郝淑雯那里听来的。丁丁从来没有给他写过信、寄过照片,他编谎言是因为他的虚荣,他的好胜,他的一厢情愿。刘峰也会为一份虚荣撒谎呢。

后来刘峰漂到北京,在侄子的公司打工,她也来到了北京。她来北京的缘由是她亲父亲的堂弟从美国回来,半身不遂,非要老死在北京,因为北京是他读大学、迷上京剧的地方。小曼当过几年护士,堂叔的女儿为此相中她来看护老头,在八十年代末修建的高层宿舍楼里买下一套便宜房,付小曼一月一千美金,一直到老头五年前去世。堂叔的女儿免费让小曼继续住在那套房子里,算她对小曼的谢恩。

"你们俩都是单身,为什么不合在一块儿过呢?"

小曼摇摇头,笑笑。

"你不愿意?"

她又摇摇头。

那就是刘峰不愿意。刘峰的心是爱她的,疼她,怜惜她,但身体不爱她,正如他的身体爱小惠,心却不爱,一回事。一个人一生,能碰到心和身都去死爱的人,是太难得了,就像二十岁的他,碰到二十岁的林丁丁。天下可爱女人多了,可爱的女人还得会唱歌,刘峰爱的是会唱歌的可爱女人。唱歌的女人也多了去,她们还必须像丁丁那样,圆圆的脑袋,细细的脖子,走路微张着两只小手,摔倒随时好撑扶似的。这都有了,她还必须常常"胃气痛",抱怨得跟个孩子一模一样,"喏,这只胃胀得像只球!"

可也许所有让刘峰死爱的,都是假象的林丁丁。

"我们就是好朋友,亲密归亲密。"小曼说,"我到海南去看他,他当时有个女朋友,很年轻,重庆郊区人。他不爱她,就是做伴。"

小曼告诉我,刘峰后来跟她来往紧密是被他侄子逼的。侄子老给他说媳妇,尽说合些年纪不大的打工女,有一次竟然说了个三十岁的哑巴,刘峰终于求小曼帮忙,两人合做一餐饭,请侄子一家的客,侄子一家来到这个两居室,心就死了,也满意了,再也不给刘峰说媳妇,不过经常提出要到叔叔"婶婶"家暴撮一顿。此后常常就是侄子带酒和卤菜烧腊,小曼和刘峰做热炒和烧炖,充一回"天伦之乐"。

刘峰和小曼的故事,大半是我想象的。我更喜欢我想象的经过和结局。四十年了,那座排练厅早被碾压到大马路之下,让城市现代化给化了。那些留着我们年轻倒影的镜子呢?那些萦绕过我们琴音歌声和欢笑的冬青树呢?那座徘徊过我们秘密恋人的骑楼呢?粉碎得连渣子都没了。那个烟消云散的酷热夏天,刘峰来到小曼身边,伸出双臂说,来,我们走一遍。手触摸到她腰上,两只结实有力的手,虎口恰恰好地卡住她纤细的腰肢。除了爸爸,谁也没有那样抱过小曼。小曼多么欠抱,她心里知道。可是除了爸爸,谁也不要抱她。从第一次的抱,到这一次,一个女孩长成了女人。他的力量让她第一次为自己的轻盈骄傲。他把她放肩上,她从镜子里看到他们的和谐,那样的和谐就是信赖,就是亲昵。她把腿抬得那么高,那么漂亮,就像他扛的不是个女孩儿,是只燕子,一只展翅的鹤。她还看到什么?她自己深色的皮肤和他浅色的皮肤,他由于认真而微微走形的脸,他肩上全是汗,她腿上也全是汗,但他一点也不让她担心自己会滑下来。跟镜子的距离大了,他俩都被歪曲得厉害,都那么丑,丑得谁也不要。她就是抱着谁也不要他们的希望,来到海南那幢烂尾楼里,没有门窗,门窗是大小窟窿上挂着的床单、水泥袋。粉红格子床单里,出来一个二十三四岁的姑娘,刘峰腼腆地笑笑,对姑娘说,她叫小曼,是我的老战友,一起上过前线呢。几天后小曼跟刘峰说,别在这儿了,这哪是你待的地方? 刘峰从她又黑又深的眼睛里看到了依恋,从排练厅他抱起她那一刻,不,从他的两只手掌合拢在她腰上的一刻,不不,更早,从他走出人群,来到小曼跟前,对杨老师说,我跟朱克换位置。对,就那一刻,她开始依恋。

　　小曼在歌乐山住院都没忘了她在刘峰肩膀上的那一刻。在两人一块儿去边境祭奠牺牲战友的那夜,那一刻离小曼反而近了。他们在刘峰的房间喝酒,吃花生和萨其玛。那是个窄长房间,挨着墙放了四张床,夹出一条一尺多点宽的过道,他们面对面坐在床沿上,一个方凳子放在中间,就是他们的小餐桌,放了一个装白干的茶缸,四周堆着花生和萨其玛,还有一包牛肉干。他们聊了多久? 聊得一座楼都黑了灯。聊完刘峰送小曼回她的房间,小曼的房间在四楼,走廊跟地道一样,小曼踩到了一根香蕉皮,向后一滑，但肩膀背面马上就靠在了刘峰身上；她没想到刘峰离她那么近。小曼在刘峰肩膀上依偎了一会儿，刘峰那微带伤湿止疼膏的体味让小曼突然想好好做一回女人，做一次刘峰的女人。刘峰问她怎么了，她说房间里原来同住的两个烈属今天都回乡了，她走到这里已经害怕了，不敢回去了。刘峰的肩膀不动声色里离开了她。小曼血都凉了。两人就要摸黑分手，小曼感到一副嘴唇轻轻触在她的脸颊上。那是特爱干净的男性才有的嘴唇，干燥，温热，只是出来的气流带酒精味。小曼扭过头，一米五八和一米六九，她的嘴正好在他下巴的高度。她伸出手，他们从来没拉过手呢，她碰到的却是他的假肢，她忘情中忘了这一点。刘峰用真手拍拍她的脸蛋，笑笑说，怕啥？如果那些黄土下的朋友夜里来串门，就是不见外咱们；要他们真来串门，叫总机接210。210是刘峰的房号。

　　刘峰到了北京受雇于侄子的公司后，第二年，小曼也来了。小曼跟自己说，不是为了刘峰我才接受了那份讨厌的工作，护理一个从未见过面的堂叔，为他洗澡剪脚指甲。什么样的老头啊？得有 Mother Theresa 那样圣女的耐心和无条件的善良，才能接受和坚持那份工作。工资是不错，她承认，但那是多让人厌烦的老头，指望你不花分文伙食费，你的伙食就是他扒拉得乱七八糟，撒得不剩多少的残羹剩饭。要不是她能不时见到刘峰，她会炒掉堂叔，炒掉堂叔的女儿；那个把所有中国大陆女人和包心生菜都叫成"大陆妹"的女儿，富得要死，抠得出奇。

她是第一个知道刘峰得了绝症的。那时堂叔已经归西，她不客气地接受了堂叔女儿的慈善，免费住在两居室里。她把刘峰从医院接到两居室，照顾他，在他被化疗败尽胃口时为他做点汤羹，在他连翻身都翻不动的时候，架着他，用一把骨头的肩膀扛着他，在六十平方米上遛弯。小曼就那样，整整三年，为我们一百多个消费了刘峰善意欠着刘峰情分的人还情。尤其替林丁丁还情。

小曼终究没有跟刘峰成为真正意义上的男女朋友。那个会爱的刘峰，在林丁丁喊救命的时候，就死了。会爱的刘峰，只在他想起他的小林，梦见他的小林的时候才复活一下。没有人能救活那个会爱的刘峰，小曼知道，包括她，也救不活那个会爱的，会为女人肌肤发痴发迷的刘峰。多少个悄悄揉圆的甜饼，悄悄在油锅里发出吱吱密语的甜饼，里面的糖是用当时一人每月四两的糖票买的，糖票是用省下的粮票换来的，那又是多少从牙缝里省下的口粮！为了口粮，苦孩子刘峰没学可上，小小人儿一天翻十小时跟头，翻得成了个刚刚一米六九的山东大汉。

刘峰的追悼会设置在医院的灵堂，只有五个人收到了通知，刘峰的女儿刘倩，侄子侄媳，小曼和我。名单是小曼确定的。我悄悄盯了刘倩一阵。因为她四分之三的时间生活在手机上，所以我盯她盯得无所顾忌。她那两个拇指是她们这代人的，在手机屏幕上可以跳舞，可以弹琴，敲字飞快。刘倩高高的个头，所以我就想象刘峰很可能长足的身高，很可能成为的真正山东大汉，假如不是早早为吃口饭学翻跟头。刘倩不好看，但白净文雅，加上秀发及腰和一口刘峰年轻时最为骄傲的白牙，人群里还算出挑。刘倩不很记得父亲，她跟着祖母长大，记忆里的父亲就是傻乎乎地老给人家帮忙，反正父亲是那种可以忽略不计的老好人，这世上有了不多，无了不少。

小曼跟刘倩不生，见面还抱了抱，刘倩说多亏了沈阿姨。女儿对父亲和小曼的关系，一直也受蒙蔽。刘峰带小曼去过山东，那个海碗就是在县城庙会上买的假文物。小曼看刘倩的目光是温情的，带了点儿寻觅，她父亲死不掉的些许体征、音容笑貌，我相信小曼能在刘倩身上寻觅到。

刘倩听说我是写书的，便说她父亲也写过书，没有发表过。写的是他在中越战场上的故事。我兴奋了，问书呢？能不能让我看看。刘倩说，祖母不识字，觉得那些纸背面空着糟蹋了，就让童年的刘倩在书稿背面画画，做算术，练大字。背面用完，祖母就用它们引火了。她还谈到跟父亲唯一一次出游。刘峰也带女儿去过云南和广西的中越边境，那年刘倩十一。她说父亲一直在寻找一个十五岁新兵的墓碑。新兵姓徐，河北人，长了个大脑袋，身体却还是孩子的，脚穿特号军鞋。小徐那位在县人武部当厨师的叔叔替他谎报了三岁，冒充十八岁让他参了军。本来当的是打乒乓的体育兵，战前不知怎么把他调到了工兵营，送上了第一线。姓徐的小兵牺牲时正好十五岁。刘倩听父亲说，小徐鬼机灵，拆除引爆装置一学就会，还是个傻大胆，不知道怕，什么危险干什么，上前线第四天就受了嘉奖。

　　追悼会原定下午两点。两点差五分时，刘峰的侄子和侄媳打电话来，说路上堵死了，要迟到半小时。我利用这点时间问刘倩，她父亲最终可找到了新兵小徐的坟？刘倩说，反正她十一岁跟父亲去的那趟，是没找到。她都找烦了，凉鞋又磨脚，留在招待所看电视，她父亲一个人把几个烈士陵园都找了个遍。我想刘峰对这小兵心是重的。刘峰对谁心重起来，重得执拗，一生一世的重。等候侄子侄媳的时间渐渐变得漫长，我又问刘倩，她是否知道那个姓徐的小兵是怎么牺牲的。刘倩说，父亲倒是对她唠叨过，不过那时她岁数小，也记不太清，只记得小徐死得莫名其妙，是被缴获来的微型手雷炸死的。此时小曼插了嘴，说当时部队在庆祝什么胜利，一院子堆的都是战利品，其中有些乒乓球大的圆球，所有中国军人都不认识，觉得新鲜，好玩儿，拿在手里当球玩，小徐本来就还是个顽皮孩子，弄了这么个小圆东西，这儿抠抠，那儿捅捅，把小玩意给玩炸了。刘峰告诉小曼，那是美军制造的小雷，可以挂在树枝上，也可以放在草丛里，脚一绊就炸，越军多用它自杀。那天一个营的人在场院上，越南老乡丢在村里的肥猪被当靶子打了，刚炖了一锅半生不熟的红烧肉做庆功宴，所以炸死了好几个看热闹的战士。刘倩想了起来，大声补充说她小时印象最深的，就是父亲说到这里，声音总是沙沙的，一大锅红烧肉也算战利品，就在缴获的武器边上排队打饭，轰的一声，炸得人肉红烧肉都分不清了。

　　刘倩讲得惊悚，但我看出来，她从没把它看成与她相关的事。本来也是，之于父亲的年代，她是局外的，甚至在心里带些鄙薄地偷笑。我想在她脸上看到一点怜惜，都没有。父亲寻找那个年轻牺牲者，十五岁的一辈子，死后只在她父亲记忆里注册了一笔，连块墓碑都没有。多余的牺牲。这就是刘倩的态度。对于师范毕业的初中语文老师刘倩来说，傻乎乎地忙了一辈子的不仅仅是她父亲，我们这一代都是多余。我们是信仰平凡即伟大的一代人，平凡就是功劳，就是精英，好几十年我们平凡得美滋滋的。时代有它不可告人的用心，教导我们平凡了更平凡，似乎我们生来还不够平凡，似乎刘峰的一生没有被埋没在平凡中。同时埋没于平凡的还有一个能工巧匠的刘峰，一个翻绝活跟头的刘峰，一个情操人品高贵如圣徒的刘峰，一个旷世情种的刘峰。本来刘峰平凡善良是无妨的，偏偏用他的平凡来做大文章,偏偏无视他可能的非凡之处,抬杠说他平凡就够了,就伟大了,足够被推举上大理石基座。在他生命的最后几天,他或许想到自己的一生,想到此生与林丁丁的错过,全因为他平凡,被塑成平凡的塑像,搁在冰冷的基座上。非得强调他的平凡,定性他的平凡,才能确保那份平凡的不变,平凡了,才好使唤;对我们来说,平凡的刘峰真是好使唤。于是误了他一生,尤其他一生的真爱。因为,偏偏天下女人在心底里,都是不信平凡的;尤其女人如林丁丁,千万年前该跟骏马一并,属于最凶悍骁勇的酋长,怎么可能心服口服地爱上平凡?

唯有小曼是女人中的例外。她用了几十年明白一桩事:她只能爱这个善良过剩的男人。

小曼刚才出去找喷壶,现在拎了个漏水的塑料桶回来,接着刘倩的话说,刘峰一直没有找到这个小徐的墓碑。得病之前,也就是二〇一二年,他还去过一次中越边境。小曼和我把漏水的塑料桶抬高,让水漏到花和植物上,作用等于喷壶。

离追悼会开始,只有十分钟了,刘峰的侄子和侄媳还没有到。刘倩戴着耳机听歌,小曼着急得一分钟看一次表。

突然从门口进来三个眼睛红肿的中年男女,长得极相像。他们大声质问我们,怎么还不拆灵堂,腾地方,他们要挂老母亲的遗像。小曼更慌了,说她不知道这间灵堂还租给了下家。刘倩迎上去,说她父亲的追悼会还没开呢,怎么能腾地方给他们?!

中年女人说,他们租用灵堂的时段是从三点到四点,我们是从两点到三点,离三点就差五分钟了,总得给他们五分钟换换遗像吧? 他们吊丧的人全在院子里冻着呢!

刘倩说,那怪谁呀? 怪堵车去呀! 亲属都没到,追悼会当然得延时! 这医院什么玩意? 就知道赚钱,租灵堂跟租计时旅店似的!

中年男女们一下子站成了冲锋队形,一起嚷嚷,早干什么的? 知道北京堵车不早点上路? 再说了,这又不是高峰时间,会他妈堵车堵两小时? 他们嗓门大得可怕,我发现人到中年嗓音就成了喇叭。

小曼拦住了还要理论的刘倩,说不如就赶紧把追悼会开了吧。刘峰一辈子谦让,他不会介意的。于是她请中年男女们退出去,我们迅速站好队,连小曼准备的悼词都来不及读了,我们三人围着遗体绕了一圈,鞠了三个躬,一帮子戴黑袖章、白花的人就来了,门口都给堵黑了。

小曼在她的悼词里写了什么,我们无法知道了。从她手里的三张纸背面,能模糊看出一段一段的短句,像是一首诗。太饱和的感情把小曼心里长久的沉默酿成诗,一定是凄美的,暗示她几十年对他难以启齿的表白:一九七七年那个初秋,他被我们逐出了红楼;在他临行前整理行李的那个夜晚,她爱上了他。也许还要早些,她以心相许是在那个恶暑的午后,在排练厅使人走形的镜子前,在一群男子说一个年轻女子"馊、臭"的当口,在他们不肯哪怕触摸一下她的关头,他以他的善良背叛了他们,背叛了集体,给了她那一记触摸,坚实地把一只满是热汗的手掌搭在她身上。小曼流着泪想,那是多么勇敢的背叛。她第一次为他流泪的日子,是他默默离开红楼,跟谁也没告别的早上。他死后她还用得着流泪吗?

就在我们被迫撤离灵堂的时刻,我突然想到什么,赶紧用手机照了几张照片。

取景框里,我看见的画面相当肃穆,除了我献上的一个花篮和刘倩献的一个鲜花花圈,小曼到处摆满冬青树枝。冬青铺天盖地,窗子门框都绿叶婆娑。四十年前,我们的红楼四周,栽种的就是冬青,不知是什么品种的冬青,无论冬夏,无论旱涝,绿叶子永远肥绿,像一层不掉的绿膘。小曼第一次见到刘峰,他骑着自行车从冬青甬道那头过来,一直骑到红楼下面。那是一九七三年的四月七号,成都有雾——她记得。

定稿于柏林

2016.11.6